**leykam:** *seit 1585*

Ulrike Haidacher

# MALIBU ORANGE

ROMAN

**leykam:** *Belletristik*

# Fasching

Ein Clownsgesicht aus Pappe, herrlich, „So ein Spaß“, denkt sich auch Anja und schlüpft durch die feierliche Girlande, die darunter hängt und eindeutig schon mehrere Faschings hinter sich hat. Sie tritt ein in das Lokal und spürt, dass heute noch Großes geschehen wird. Zerrt ihre Bienenflügel durch die Tür, menschlicher Dunst schwappt ihr entgegen, frischer Haut- und alter Rauchgeruch, Rauchgeruch noch von der letzten Nacht, weil nach der Sperrstunde werden die Vorhänge zugezogen und die Aschenbecher ausgepackt und jetzt, wo das neue Fest beginnt, ist der Rest vom letzten Fest noch vorhanden, es hat was Beruhigendes, diese Anwesenheit von dem, was nicht mehr ist, sie bahnt sich den Weg zu ihrem Lieblingstisch am Fenster.

Es ist schon einiges los, seltsam, wie gut sie dieses Lokal kennt, wie oft sie diese Tür aufgemacht hat, jeden Tisch kennt sie in- und auswendig, die Bar, die aufgestellten Pokale und die Glasvitrine mit den Kuchen darin, erstaunlich, wie wenig sich verändern kann in fünfzehn Jahren, es wirkt fast so, als wären die Kuchen auch noch dieselben, als würden sie seit den Nullerjahren darauf warten, endlich herausgenommen zu werden, um zu einer heißen Schokolade oder einem schmackhaften Cola Rot genossen zu werden.

Sie ist also wirklich wieder da, jetzt, wo sie im Café Ulli ist, merkt sie erst, wie sehr sie wieder da ist, zurück in ihrer Heimatstadt, zurück im obersteirischen Industriekaff, wie sie es gern nennt, in das sie nie zurückwollte. Um genau zu sein ist sie schon seit ein paar Wochen wieder zurück, noch dazu bei ihren Eltern, und das mit dreißig Jahren, sorry, das geht eigentlich gar nicht, aber Anja hat zurückkehren müssen, weil sie zu gar nichts mehr fähig war.



Das hat sie ziemlich eindeutig festgestellt, als sie mit ihrem Gehörsturz noch weitergearbeitet hat, weil warum nicht, ist ja nicht so schlimm, Arbeit ist Arbeit und somit wichtiger als ein Gehörsturz, und dann eigentlich nur kurz Pause machen wollte, sich einen feinen Kantinensalat gegönnt hat, auf der Bank vor dem Krankenhaus, und auf einmal nicht mehr schmecken hat können, was sie isst. Ob der Käse, der auf dem grünen Salat gelegen ist, wirklich Käse war oder Fleisch. Anja hat den fauligen Tod vom

Fleisch ganz sicher im Mund geschmeckt, obwohl auf der Verpackung eindeutig als Inhalt „Käse" gestanden ist, sie hat nicht mehr gewusst, was stimmt und was nicht, was sie sich einbildet und was nicht, hat sich nicht mehr rühren können und die Panik gekriegt und dann Magda geschrieben, dass sie sich nicht mehr rühren kann und die Panik kriegt, weil, was soll das, und Magda, die schon seit ein paar Monaten bemerkt hat, dass Seltsames mit Anja geschieht, hat sie abgeholt, ins Auto gesetzt, ist mit ihr nach Hause gefahren, nach Hause in Anjas Elternhaus und hat gesagt: „Da bleibst du jetzt, bis du dich auskuriert hast."

Und Anja ist geblieben, hat sich zum ersten Mal in ihrem Leben krankgemeldet, spannend war das, hat gar nicht gewusst, ob so eine Geschmacksverwirrung samt Gehörsturz Grund genug ist, sich krankzumelden oder ob sie nur faul ist oder eine Simulantin, aber nachdem sogar ihre Mutter gesagt hat, „Du kurierst dich jetzt aus", hat sie sich also auskuriert, hat geschlafen hauptsächlich und ihre Eltern haben sich gefreut, dass sie wieder da war, haben ihr Essen gekocht und sie „Wie gehts dir heute?" gefragt, und es ist schnell besser geworden. Zumindest so viel besser, dass Magda Anja besucht hat, sie spazieren gegangen sind und gemeinsam in gedämpfter Lautstärke ferngesehen haben, es war wie früher, wie damals, in ihrer gemeinsamen Schulzeit, jeden Nachmittag haben sie miteinander verbracht,

Anja und Magda sind wieder die geworden, die sie waren, Anja und Magda eben, „die beiden Unzertrennlichen", wie Anjas Oma sie damals voller Entzücken genannt hat. In Wirklichkeit sind sie das auch immer geblieben, und das, obwohl sie sich in den letzten Jahren nur mehr selten gesehen haben, wegen dem Leben, das weitergegangen ist.

Und heute ist also das große Faschingsfest im Café Ulli, es ist ein großer Tag für Anja, der erste Abend seit ihrem Gehörsturz und dem ganzen Chaos, an dem sie wieder fortgeht, vielleicht wird sie sogar was trinken, wer weiß, und es ist auch der erste Abend seit fast einer Woche, an dem sie Magda wieder trifft. Sie hat sich so daran gewöhnt,  Magda jeden Tag zu sehen, dass sie sie schon richtig vermisst, aber Magda war so busy in letzter Zeit und so hat Anja ihr noch gar nicht die große Neuigkeit erzählen können, nämlich, dass sie jetzt auch noch gekündigt hat.

Sie ist ganz aufregt, sie kann es selbst nicht glauben, dass sie tatsächlich ihren Job gekündigt hat und somit offiziell keine diplomierte Gesundheits- und Krankenpflegerin mehr ist und sie zum ersten Mal in ihrem Leben keinen blassen Schimmer hat, wie es weitergehen wird. Aber jetzt einmal das Faschingsfest, Anja hat ein Bienenkostüm, das sie in der alten Faschingskiste gefunden hat, angezogen, ein recht gelungenes Kostüm, wie sie selbst findet, und sie findet auch, dass sie sich nach dem ganzen Wahnsinn nicht weniger als ein wenig Spaß verdient hat, und nach dem Spaß sehen wir weiter, aber ein bisschen wird sie noch bleiben, im obersteirischen Industriekaff, nur zum Übergang, nur bis sie herausgefunden hat, was sie ohne ihren Beruf ist, ob sie überhaupt wer ist ohne ihn, und was sie weitermachen will, und bei so einer Neuorientierung tut eine alte Heimat mit Eltern auch wieder wohl, aber gut, picken bleiben sollte sie halt nicht.



Anja zwängt sich durch die Menge und verwendet jetzt doch die Ohrstöpsel, die sie eingesteckt hat, so Menschen sind lauter als vermutet, sie zwängt sich also durch, gar nicht so einfach, wenn man eine Biene ist, sie hält ihre Antennen am Kopf fest, sieht die Menschen, die haben sich echt alle verkleidet, das bereitet ihnen also eine Freude so eine Verkleidung, lieb sind sie, alle wirken so ausgelassen, so froh, Anja nickt Silke zu, die lachend hinter der Bar steht und deren Gesicht mit Glitzer und Blumen bemalt ist, Silke prostet Anja zu, die es endlich zum kleinen Tisch am Fenster geschafft hat. Schade, dass man nicht jetzt schon rauchen darf, das würde sie beruhigen. So viele Personen sind jetzt schon hier, wie das wohl weitergehen wird, so viele Personen, nur Magda noch nicht, dabei ist Magda der einzige Grund, warum sie überhaupt hergekommen ist.

Und das Café Ulli. Das ist auch immer ein guter Grund herzukommen.

Das Café Ulli ist Anjas und Magdas Stammlokal seit damals, seit immer eigentlich, und wenn Silkes Geburtstagsfeier ein Faschingsfest im Café Ulli ist, sind sie natürlich dabei, also dass Magda dabei ist, war sowieso klar, Magda ist überall dabei, aber wenn wir ehrlich sind, und das sind wir: Anja ist das zuwider. Dieser provinzielle Humor, ups, nein, das würde sie so nie denken oder gar sagen, immerhin ist das auch ihre Heimat, sie ist da aufgewachsen, ist eine von ihnen sozusagen, dazu steht sie auch, ist voll ok für sie, dass sie eine von ihnen ist, Anja würde es vielleicht eher so formulieren: „Das ist mir alles fremd geworden.“ Und wer verstehen will, versteht, und wer nicht, der eben nicht, jaja, so ist Anja, schon irgendwie eine arrogante Sau.



Nur weil sie die letzten Jahre in Wien gelebt hat in einer Wohnung mit weißen Möbeln und Holztafeln mit positiven Sprüchen an den Wänden, glaubt sie anscheinend, ihr Humor ist feinsinniger, die werte Dame, aber dass sie beim Spazierengehen Angst vor einer Blindschleiche hat, die sich am Wegesrand sonnt, und ihr dabei durchaus der Gedanke kommt, dass diese Blindschleiche Tollwut haben und sie überraschend anspringen und töten könnte, das gibt ihr wieder nicht zu denken. Aber es ist eben so, und das kann man vielleicht schon verstehen: Ihr Wiederdasein in einem Leben, das sie einmal gelebt hat, das aber schon lange nicht mehr ihr Leben ist, sondern nach ihrer Jugend aufgehört hat, ihr Leben zu sein und zu einem ganz anderen Leben geworden ist, zu einem erwachsenen Leben mit Beruf und Eigenständigkeit und Wohnung und jetzt wieder zurückmutiert ist, genau dorthin, wo es seinerzeit aufgehört hat, nämlich in den Nullerjahren, als sie Hüfthosen getragen und Avril-Lavigne-Poster über dem Bett hängen gehabt hat, das ist ihr zuwider, es ist geil und widerwärtig zugleich, ja oft hat man zu einer Situation viele gegensätzliche Gefühle gleichzeitig.

Es hat etwas eigenartig Anziehendes, dieses alte Vertraute, das es nicht mehr gibt, das aber irgendwie noch da ist, aber abstoßend sind die Dinge, die darauf hindeuten könnten, dass sie jetzt länger bleiben wird, dass mehr daraus werden könnte als eine Erinnerung, dass das auf Dauer ihr Leben und ihre Vergangenheit ihre Zukunft werden könnte.

Zum Beispiel ist sie in letzter Zeit zu irgendwelchen Brunch-Gruppen hinzugefügt worden, von ehemaligen Schulfreundinnen, die aus irgendwelchen Gründen mitgekriegt haben, dass Anja wieder da ist, und vielleicht denken, Anja bleibt jetzt und wird eine von ihnen, ehemalige Schulfreundinnen, die jetzt alle selbstverständlich und rechtschaffen in heterosexuellen, verehelichten österreichischen

Beziehungen gestrandet sind, die haben sie plötzlich hinzugefügt in Gruppen und Dinge geschrieben wie: *Meine Lieben! Ich lieeeeebe Frühstücken!! Und am allermeisten lieeebe ich frühstücken mit meinen Mädels, darum möchte ich meinen Geburtstag bei einem genussvollen gemeinsamen Frühstück/Brunch/verfrühtem Lunch mit open end (Julius ist bei der Oma) im Irgendwo feiern.*

Anja merkt sich diese blöden Kaffeehausnamen nicht, sie will sich nur das Café Ulli merken, weil das Café Ulli cool ist, es war das erste Lokal, in das Anja und Magda jeden Samstagabend gegangen sind, mit Schminke und entsprechender Kleidung, ausgegangen sind sie sozusagen, bis 21 Uhr hat das Jugendschutzgesetz das Ausgehen für sie vorgesehen gehabt, davor haben sie sich eine SMS geschrieben, eine SMS von ihrem Klaxmax-Handy, dem neuen, haben sie sich geschrieben: *Heit bechern?* Und sind dann eben ins Café Ulli schon um fünf, sonst hätte es sich nicht ausgezahlt, und haben sich die Malibu Orange runtergeschüttet, Anja schmeckt heute noch diese Mischung aus klebrigem Kokos und billigem Orangensaft aus der Packung, sie haben das damals total edel gefunden, den Kokosgeruch, haben sich gefühlt wie in *Baywatch* oder einer Jugendzeitschrift und am alleredelsten haben sie es gefunden, wenn eine Orangenscheibe am Glas gesteckt ist oder sogar ein Schirmchen, und haben sich vorgestellt, wie ganz zufällig zwei süße Jungs vorbeikommen, sie haben wirklich „süße Jungs“ gedacht und sich weiter vorgestellt, wie aus dem zufälligen Vorbeikommen zufällig „mehr“ wird, was natürlich nie passiert ist, niemand ist zufällig vorbeigekommen und mehr ist auch nicht daraus geworden, aber die Malibu Orange, die waren weiterhin treue Begleiter.

Zwei für jede haben schon gereicht, nach zwei waren sie schon megadicht, wie man es gern formuliert hat, und die Memphis Blue haben sie dazu geraucht, die Memphis Blue, die Magda in der alten Kommode bei ihrem Onkel gefunden hat, und dann noch ein letzter Malibu Orange und dann ab aufs Klo, und haben sich gegenseitig den Finger in den Hals gesteckt, es war ein Zeichen der Freundschaft, des Vertrauens, dass man sich gegenseitig den Finger in den Hals steckt, bis die andere den Malibu Orange wieder herausbricht, ohne gleich dazu zu brechen, echten Freundinnen graust es vor gar nichts, schon gar nicht vor einem freundschaftlichen Brechreiz, haben das also vollendet, das Ritual des gegenseitigen Malibu-Orange-Herausbrechens, um rechtzeitig wieder nüchtern zu sein, wenn es 21 Uhr schlägt, die bedeutungsvolle Stunde, um die man wieder zu Hause sein hat müssen.

Das ist das Café Ulli, ein anständiges Lokal mit Erinnerungen und Grind und Anja und Magda drin, und das, also Anja und Magda, das ist eine echte Freundschaft, Anja vermisst die alte Zeit, die schon so lang her ist, und ist sich nicht sicher, ob man mit dreißig schon so denken darf, also ob man mit dreißig schon Herzweh haben darf, weil das Alte vergangen ist, aber sie ist sich bei vielem nicht sicher, sie versteht sowieso nicht genau, wie das mit dem Leben so funktioniert. Aber der Punkt ist: Wenn schon in ein Lokal, dann will sie mit Magda ins Café Ulli. Sie hat keine Lust, mit irgendwelchen Schulkolleginnen von irgendwann, die jetzt andere Nachnamen haben und die sich selbst als „Mädels" und, das kommt noch erschwerend hinzu, „Mamis" bezeichnen – zu deren „Mami-Gruppen" Anja aber zum Glück nicht hinzugefügt wird, weil sie eben keine Mami ist, da hat sie in einer Mami-Gruppe auch nichts zu suchen – in irgendwelche Brunch-Lokale zu gehen. In irgendwelche Bäckereien mit starkem Milchgeruch darin, Anja will NICHT mit ihnen AUSGIEBIG brunchen, genussvoll in den Tag hineinleben, die Seele baumeln lassen, einmal richtig reinhauen, mhhh, LECKER, YUMMY, mhhh, gutes, frisches Gebäck, mhhh, die gute Gurke, mhhh, der selbst gemachte Liptauer, nein, sie will das garantiert nicht, will kein „Schlemmerfrühstück klein, mittel oder groß" bestellen, von dem sie sich vorstellen muss, wie die Schinkenplatte mit roter Paprikagarnierung seit dem Vortag mit Frischhaltefolie überzogen im Kühlschrank auf ihren großen Moment gewartet hat, in dem sie endlich von den hungrigen Mamis genossen werden darf, die sich dann den Mund abwischen, während ihnen der Liptauertopfen aus dem Mundwinkel quillt, und mit vollem Schlemmermund formulieren: „Mah, endlich tu ich was für mich."

Ja, vielleicht ist Anja ein bisschen ein Arschloch, kann schon sein, aber mehr so eines, das in Wirklichkeit eh nett ist, es ist mehr die besondere Lebenssituation, die diese Arschlochhaftigkeit aus ihr herausholt, weil sie eben nicht weiß, wie es weitergehen wird, sie war noch nie in so einer Situation, das muss man sich einmal vorstellen, sie hat immer gewusst, was kommt und wie es weitergehen wird, hat immer einen genauen Plan von allem gehabt, was bedeutet, dass sie bis vor Kurzem kein Arschloch war, sondern ganz im Gegenteil, sie war wirklich immer nett und zuvorkommend, vielleicht hat sie auch das in den Gehörsturz getrieben, das könnte ja auch eine Überlegung sein, aber was mit dieser Erklärung ausgesagt werden will: Man merkt, Anjas Arschlochhaftigkeit ist relativ neu und besteht aus guten Gründen, es braucht also niemand empört zu sein von ihr, man kann auch Verständnis haben für sie, sie hat es auch nicht leicht und beeindruckt zumeist auch mit viel Verständnis für andere.

Aber bei allem Verständnis, Anja ist recht froh, dass Silkes Feier nicht irgendein Genießerinnen-Selbstliebebrunch ist, nein, es ist eine ordentliche abgefuckte Faschingsfeier, und um diese sogleich zu beginnen, bestellt Anja einen Pfirsichspritzer, der Pfirsichspritzer ist der Aperitif zum Malibu Orange, der selbstverständlich erst bestellt werden kann, wenn Magda da ist. Magda ist die Einzige, der sie von ihrer Kündigung erzählen will in der jetzigen Situation. Menschen mögen so was nicht, so eine Planlosigkeit, Menschen wollen Geschichten hören wie „Ich arbeite bereits seit zwanzig Jahren in diesem Unternehmen und alles geschieht zu meiner Zufriedenheit" oder „Ich krieg ein Baby, so schöne Neuigkeiten, ich bin die nächsten zwei Jahre in Karenz und dann in Bildungskarenz und dann krieg ich das zweite Kind und dann mach ich ein Sabbatical". Das sind Geschichten, die Menschen hören wollen, in denen ist alles klar, in Anjas Geschichte ist nichts klar. Weder wie sie ab jetzt ihre Wohnung in Wien finanziert noch ob sie dort überhaupt weiter leben will, und das kann sie nur mit Magda besprechen, weil Magda sich freuen wird, dass Anja gekündigt hat, das weiß Anja.

Magda ist ganz anders als Anja, war sie immer schon, sie ist laut, blond, groß, überpräsent, hat sehr viele Sommersprossen, das findet Anja nach wie vor äußerst beeindruckend, diese fast flächendeckenden Sommersprossen, und Magda auf jeden Fall sagt immer, sie braucht keine Sicherheit, eine Sicherheit gibt es nicht und das Universum regelt die Dinge schon für sie. Das, und das ist jetzt sicher keine Überraschung, weil da ist Anja nicht die Einzige, ist ihr schon immer unglaublich auf die Nerven gegangen, dieses Gerede über das Universum, das „die Dinge regelt". „Die Dinge" muss man selbst regeln, von nix kommt nix, das hat auch Anjas Mutter immer gesagt, darum soll die Anja am besten „auf die Schwesternschul", so wie ihre Mutter und ihre Oma auch, da findet sie sicher einen Job und sinnvoll ist es auch, das ist ein guter Weg, „die Schwesternschul", hat Anjas Mutter bestimmt, Ärztin ist weniger was für sie, sonst kommt sie erst mit siebenunddreißig dazu, Kinder zu zeugen, und das ist eindeutig zu spät, ab dreißig heißt es ja schon Ticktack bei den Frauen, bei den Männern ist das anders, die können zeugen, so lang sie wollen, wenn sie mit achtzig Lust auf eine Kindererzeugung haben, gern, her damit, gar kein Problem, lieber alter Vati, so ein guter männlicher Samen wird nicht so schnell schlecht, ein weiblicher Eierstock jedoch schon, dieser veraltet gern einmal, wenn der Tag lang ist und die Jahre kurz, aber vielleicht hat so ein Mann auch nie Lust auf eine Kindererzeugung, das könnte auch der Fall sein, das macht dann auch nichts, weil für so ein Mannsein gehört so eine Kindererzeugung nicht zwingend dazu, was es zum Frausein jedoch schon tut, was wiederum bedeutet, dass ein Mann ein ganzes Leben lang Zeit hat für seine Bildung und was er sonst noch so wollen könnte, was so einem Arztsein nicht im Wege steht, wobei ein Frausein so einem Wollen schon im Wege stehen würde, ein Glück, wenn man keine Frau ist, ticktack, sagen wir da nur, ticktack.

Und ohne viel nachzudenken, war das einfach klar für Anja, dass Leben so geht, und sie ist auf „die Schwesternschul“ (wobei sie nicht wie ihre Oma und ihre Mutter „Schwesternschul“ sagt, sondern den heutigen Begriff „Ausbildung im gehobenen Dienst für Gesundheits- und Krankenpflege“ verwendet, der gefällt Anja besser, der klingt so gehoben und so komplex und somit mehr nach dem, was der Beruf wirklich ist, und weniger nach katholischem Internat, in dem man mit nassen Fetzen verdroschen wird).



Auf jeden Fall hat Anja nach ihrer Ausbildung gleich gearbeitet, was gut war wegen Geld und Sicherheit, aber Magda hat oft zu ihr gesagt, dass sie das alles nie packen würde, ihr wäre das alles viel zu heftig und viel zu sehr angebunden und außerdem zu freiheitsfeindlich. Magda wollte sich nie aufopfern für einen Job. Hat Soziologie studiert und Philosophie und dann Pharmazie, alles nur kurz, hat ihr alles nicht entsprochen, wollte was finden, was ihr entspricht, und wollte sowieso lieber reisen, Magda wollte immer reisen und hat dann in einem Kindergarten in Argentinien gearbeitet und seitdem macht sie das so, dass sie in ein anderes Land fährt und dann zurückkommt. Jetzt arbeitet sie im Feinkostladen zum Beispiel, das macht sie meistens, zwei Monate im Feinkostladen der Kindheit arbeiten und dann wieder weg ins nächste Land, das hat auch was, sagt sie, der Feinkostladen, die Kundschaft, zu sehen, wie die Leute von früher geworden sind, wer da geblieben ist und warum, man erfährt so viel.

Anja wäre viel zu feig für so ein Leben und genau deshalb ist sie so stolz auf ihre spontane Kündigung, das wird Magda gut gefallen, die noch immer nicht da ist, Anja schreibt also schnell: *Kommst du eh noch?* Man weiß ja nicht, vielleicht ist was, aber Magda antwortet sofort: *BIN GLEICH DA!!* mit vielen Clownsgesichtern dazu.



Anja ist schon so aufgeregt, sie macht sich bereit, ob Magda sehr beeindruckt von ihrem Bienenkostüm sein wird? Bestimmt wird sie das, Anja streicht sich über ihre samtigen Flügel und muss jetzt schon lachen, und überhaupt, was Magda wohl antworten wird, wenn sie einfach so, ganz nebenbei den bedeutungsvollen Satz sagen wird: „Ich hab gekündigt." Wird sie überhaupt einfach sagen: „Ich hab gekündigt"? Gute Frage, gut, dass diese Frage jetzt gestellt wird, jetzt, bevor Magda kommt, und dass nicht mehr überlegt werden kann, es ist wichtig, bereits im Vorfeld überlegt zu haben, wie die Pointe am besten präsentiert werden kann, das ist eine wichtige Überlegung, so eine Pointenpräsentation. Soll Anja gleich direkt zur Punchline kommen, so „He Magda, ab jetzt bin ich arbeitslos"? Oder soll sie die Geschichte eher aufbauen, alles von Anfang an erzählen, so wie Magda und Anja das immer machen, sich jeden Scheiß und jedes Detail ausführlichst berichten?

Sie könnte die Geschichte bereits in der Arztpraxis beginnen, in der sie war, als die Kündigung passiert ist, Anja könnte Magda die Anekdote mit den beiden alten Damen erzählen, damit Magda auch was davon hat, damit sie nicht nur die Information der Kündigung erhält, sondern auch ein bisschen Spaß hat und dann ganz erleichtert ist, wenn die Pointe folgt, nämlich, dass Anja raus ist aus dem Job, mit der Oberpointe, dass sie gar nicht weiß, wie es weitergehen wird, sodass Magda begeistert aufschreien können wird, wie es ihre Art ist, aufkreischen wird sie und laut lachen und dabei jubeln und in die Hände klatschen, wird einen Gin Tonic zum Malibu Orange dazu bestellen und vielleicht noch einen Haxenspreitzer, das Café Ulli ist das einzige Lokal, von dem Anja weiß, das noch Getränke mit derartig unerhörten Namen verkauft.

So machen das Anja und Magda immer, sie regen sich auf, stundenlang, darüber, dass ein Getränk tatsächlich einmal Haxenspreitzer geheißen hat, damals, in den sexistischen 90ern, und hier, in der Provinz noch immer so heißen darf, und bestellen dann erst recht einen für sich, trinken auf ex und dann, irgendwann, reißt Magda Anjas Beine auseinander und kreischt hinein, „Na, wirkts schon?", und beide lachen überlaut und wenn sie Glück haben, schaut jemand empört her, was beiden immer sehr gut gefällt.

Andererseits was wissen wir schon, wie Magda reagieren wird, wir wissen ja nichts über ihr Innenleben und was die Magda, die immer so offen und volksnah tut, aber in Wirklichkeit schon ziemlich undurchschaubar ist, genau hören wollen wird. Trotzdem soll Anja die Geschichte von vorn erzählen, also, wie sie zur Nachkontrolle zur Hausärztin ist, wegen dem Ohrenproblem. Und soll auch erzählen von dem jungen Typen, der in Jogginghose vor ihr auf der Straße gegangen ist und von dem sie gleich gewusst hat, dass er auch auf dem Weg zur Ärztin ist, weil er sehr schwer atmen hat müssen in seiner Jogginghose und mit seinem wiederverwendbaren Coffee-to-go-Becher in der Hand, in dem aber kein Coffee to go drinnen war, sondern ein Kräuterteebeutel gut sichtbar herausgehängt ist. Der Typ, der natürlich in die Praxis rein ist und dann mit glasigen Augen und sehr deutlich und für alle hörbar laut schniefend mit sehr verstopfter Nase zur Sprechstundenhilfe gesagt hat: „Ich brauch eine Krankschreibung. Es geht mir nicht gut“, und dann weiter: „Und ich müsst auch zur Frau Doktor hinein, ich brauch ganz dringend einen Nasenspray“, und hat den Nasenspray sehr betonen müssen mit seiner sehr schwer verstopften Nase, und weil nur mehr ein Platz frei war im Warteraum, hat Anja ihm den einen Platz freilich überlassen, nicht, dass er umfällt, der arme junge Typ mit seiner äußerst verstopften Nase.

Und Anja hat eine Zeitschrift zur Hand genommen, um das lange Stehen zu verkürzen, es waren doch einige vor ihr dran, hat sie kurz durchgeblättert, die Zeitschrift mit viel Mode und Gesundheit, und dann wieder weggelegt, weil viel ist darin auch nicht passiert, und hat auf einmal so komische Vibes um sich herum gespürt und zwei Frauen gesehen, so ältere Frauen, so ältere gepflegte Frauen mit schwerem Parfum und dickem, rotem Lippenstift und großem Schmuck, die gemeinschaftlich den Kopf geschüttelt haben, sodass ihre Hautfalten gewackelt haben. So Frauen, die ihre übertrieben angemalten Lippen aufeinander gepresst und dann empört gelächelt haben, sodass die angebrauchten Zähne hervorgeragt haben, und dann mit Fingerspitzen die Zeitschrift, die Anja hingelegt hat, zurechtgerückt haben, so, dass die Zeitschrift exakt im gleichen Winkel auf den anderen Zeitschriften gelegen ist, weil Anja sie anscheinend nicht korrekt auf den Stapel gelegt hat.

Anja hat ein bisschen gebraucht, um zu verstehen, dass so was ein Problem sein kann, ein Fauxpas, ein Tabu gar, die Damen haben einander angeschaut, kopfschüttelnd, und einander möglichst laut gesagt: „Wir haben das noch gelernt." Und haben gelacht auf so eine Art, die höflich tut, aber aggressiv gemeint ist, da war sich Anja sicher, und haben sich zugenickt, als müssten sie sich selbst bestätigen, dass sie im Recht sind, dass sie gerade einen gesellschaftlichen Missstand aufgedeckt haben, den nur sie auszusprechen wagen, und durch dieses mutige Aussprechen dieses Missstandes tragen sie zu einer besseren Welt bei, einer Welt, in der Magazine ab jetzt nur mehr symmetrisch übereinanderliegen, endlich, hat sich Anja gedacht, endlich kümmert sich jemand, nein, nicht irgendjemand, sondern diese Damen im Speziellen, endlich kümmern sie sich um dieses Thema, über das in unserer tabuisierten Gesellschaft viel zu wenig gesprochen wird. Gehen wahrscheinlich hobbymäßig zur Ärztin, verabreden sich wöchentlich in der Ordination, denken sich, sie zahlen ein gutes Geld in ihre Krankenversicherung ein, da wollen sie auch was haben dafür. Ihr Leben lang haben sie ihr ehrliches und moralisch anständiges Geld hineingegeben in das gute Krankenversicherungsgeldtascherl, eh viel zu viel, wenn wir uns ehrlich sind, da steht es ihnen auch zu, mindestens einmal in der Woche einen Arzt ihrer Wahl besuchen zu dürfen und dort haben sie außerdem das Recht, anständig drapierte Magazine vorzufinden, denn das ist wohl das Mindeste, denn sie haben das gelernt, damals noch, damals in der guten alten Zeit haben sie das gelernt.

Anja kennt sie schon, Anja kennt sie ganz genau, diese Patientinnen, das sind die gleichen, die wegen jedem Scheiß ins Krankenhaus rennen und sich dort eine exquisite Behandlung erwarten, denn sie sind schließlich ehrliche Steuerzahler und zahlen somit mit ihrem guten, wertvollen Geld für diese Dienstleistung, und ja es ist eine Dienstleistung, so eine Gesundmachung, man kann sich das vorstellen wie in einem Supermarkt, in den gehen sie auch hinein und wollen was haben dafür. Zum Beispiel wollen sie manchmal eine gute Banane kaufen, die sie als zahlender Kunde dann auch erwarten im Gegenzug zu ihrem ehrenhaften Geld, denn sie sind guter, zahlender, wertvoller Kunde und alle Mitarbeiter haben ihm, dem zahlenden Kunden, der sich sicher nicht Kundin nennt, nein, so viel Zeit ist nicht, einen Dienst zu erweisen und das Produkt herzugeben, das gerade erwünscht ist, und wenn das erwünschte Produkt, die gute Banane zum Beispiel, nicht erhältlich ist, dann gibt es folgerichtig eine Beschwerde beim Vorgesetzten, haben wir uns verstanden?



Anja kennt diese Menschen, „Au!“, sagen sie, „Au! Das tut so weh“, und „Fräulein“ sagen sie auch recht gern in dem Zusammenhang, sie hat sich das schon immer gefragt, warum die, die in Wirklichkeit am wenigsten haben, also am wenigsten Probleme, die sind, die die größten Probleme erschaffen, wahrscheinlich, weil es ihnen so gut geht, dass sie genug Kraft haben, die größten Probleme zu erschaffen, da wäre sie auch manchmal gern so eine ältere Dame und würde zu den Leuten sagen: „Ich glaub, Ihnen gehts zu gut, göns?" Aber das hat Anja natürlich noch nie gemacht, natürlich hat sie so einen Satz noch nie gesagt, „Ihnen gehts zu gut" hat sie noch nie gesagt und „göns" hat sie erst recht noch nie gesagt natürlich, wer sagt so einen Scheiß, also Anja sicher nicht. Und hat die beiden Frauen, die noch immer empört zum Zeitschriftenstapel geschielt und nicht aufgehört haben, ihren Kopf zu schütteln, angeschaut und ganz direkt gefragt: „Reden Sie mit mir?" Und die Frauen: „Mhm, das ist keine Art. Wir haben das damals noch gelernt." Und Anja wollte dann langsam wirklich wissen, was sie denn meinen, was sie denn gelernt haben und wann dieses Damals eigentlich genau war. War es gestern, vorgestern, war es vor einem Jahr, vor zehn Jahren, vor zwanzig vielleicht, vor dreißig, war es in der Zeit, in der alle so getan haben, als wäre nie was gewesen, war es vielleicht in den schönen 50er-Jahren, hm, wo alles schön war, die Sissi-Filme und das traute Heim auch, oder war es mehr so in den 40ern, in den 30ern vielleicht? Haben sie da die Disziplin gelernt, von der sie jetzt so schwärmen, ist das also ihr Ideal?

Aber Anja hat keine Antwort abgewartet, eine Antwort hat sie ehrlich gesagt auch nicht interessiert und hat weitergefragt, wie die Damen eigentlich darauf kommen, ihr zu erklären, was DAMALS war? Woher sie eigentlich so genau wissen, dass sie dieses Damals gar nicht kennt? Vielleicht kennt sie es, vielleicht ist sie gleich alt wie sie, sie dürfen nicht vergessen: Anja wird auch nicht jünger, sie wird auch älter, das hat sie selbst lang nicht geglaubt, ist aber so, vielleicht ist sie uralt, steinalt und schaut vielleicht einfach nur besser aus als sie?! Könnte es nicht sein, dass Anja die hotteste steinalte Frau hier herinnen ist? Ist das wirklich so unrealistisch?! Und ist aufgesprungen, mit der Hand durch den Zeitschriftenstapel gefahren und hat die Zeitschriften über den gesamten Boden gestreut, ist aus der Ordination gerannt, das Pfeifen im Ohr war ihr völlig wurscht, ist in den Park gerannt, in dem die schönen Tulpen in ihrer symmetrischen Art blühen und etwas weniger penetrant riechen könnten, hat sich vor den Springbrunnen mit dem nackten Steinmann gesetzt, aus dessen Topf in der Hand grundlos und unaufhörlich Wasser geronnen ist, hat das Handy genommen und ein Mail geschrieben, in dem nichts gestanden ist außer: *Ich reiche hiermit meine Kündigung ein,* und hat gar nicht gewusst, ob das so geht, ob man so kündigt, aber sie hat es so gemacht, wie von selbst haben ihre Finger in das Handy hineingetippt, während der Steinmann sein Wasser gelassen hat, das war ihre Kündigung, und hat sich gar nicht viel gedacht dabei, nur dass sie jetzt Lust auf chinesisches Essen hat, und ist rein ins China-Restaurant und hat sich eine rote, wackelnde Suppe bestellt und sich am All you can eat-Buffet bedient und hat Magda geschrieben: *Magda, ich muss dir was Arges erzählen,* und Magda hat nur zurückgeschrieben: *Ich dir auch! Café Ulli? So bald wie möglich?*



Und heute ist dieses „So bald wie möglich“, aber Magda ist nicht da, wo ist die, Anja braucht ganz dringend noch was zu trinken, zur Beruhigung, außerdem ist es anstrengend zu sitzen mit den Flügeln am Rücken, sie drängt sich durch zur Bar. Mit den Stöpseln im Ohr hört sie alles nur ganz dumpf, ein eigenartiger Anblick, wie erwachsene Menschen mit großer Begeisterung ihr Gesicht bemalt haben und lustige Kostüme tragen, sie findet sich zwischen erstaunlich vielen Piraten wieder, was denken die sich, fragt sie sich, fragen die sich zu Hause: „Mah, als was könnt ich gehen“? Und freuen sich dann aktiv auf ihr Piratenkostüm und gehen in ein Faschingsgeschäft hinein und suchen begeistert eine Augenklappe aus, die sie dann tragen werden, lachen sie dabei und erzählen herum: „Ich hab mir eine echte

Augenklappe gekauft, sie ist so cool"? Und stellen sie sich dann vor, sie sind auf hoher See und finden einen Schatz, oder wie ist das, welche Fantasien sollen das sein, Anja kann sich nicht vorstellen, wie das funktioniert, und will es ehrlich gesagt auch überhaupt nicht wissen.

Interessant außerdem, zu vielen von ihnen ist das mittlerweile doch recht bekannte Thema der Stereotypisierung fremder Kulturen noch nicht durchgedrungen, wenn man sich so umschaut, wo leben die, Anja kriegt ein großes Bedürfnis, sie zu belehren, weil sie anscheinend wieder einmal nichts checken. Wenn alle ihr einmal zuhören würden und ihrer Meinung wären, dann wäre die Welt ein besserer Ort. Nein, das war natürlich ein Scherz, haha, sie nimmt in Gedanken satirisch die heutige gespaltene Gesellschaft augenzwinkernd aufs Korn, so ist sie, nein, natürlich weiß sie, dass das mit dem Belehren nichts bringt. 

Sie zieht sich die Stöpsel aus dem Ohr, damit sie gut bestellen kann, „Na, gar nix als sexy Krankenschwester?", tönt es gleich unwillkommen in ihr Ohr. Schon wieder ein Pirat, der Anja im Vorbeigehen auf die Schulter greift und sie angrinst. Wer bist du bitte? „Na, gar nix als Scheißhaufen?", antwortet sie wie automatisch. Der Pirat zuckt irritiert mit dem Gesicht, lacht verunsichert und geht weiter, ups, das war der Roli, Magdas bester Freund, fällt ihr ein, das war vielleicht kein gelungener Einstieg in ein Gespräch, muss sie sich dann doch ein wenig ermahnen, jetzt ist er weg und sie hat niemanden zum Reden, ob jetzt alle glauben, sie ist allein da und hat keine Freunde? Aber was kann sie dafür, was stellt der auch so eine dumme Frage mit seiner bescheuerten Augenklappe, mit der ihn niemand erkennt, „Gar nix als sexy Krankenschwester?", du bist so originell, echt Roli, geh scheißen und stell dir weiter vor, du eroberst irgendwelche Inseln und hockst auf einem Playmobilschiff, du bist ja wirklich cute.



Anja hat endlich ihre zwei Malibu Orange gekriegt, sie riecht daran, eigentlich kann sie es nicht glauben, dass sie dieses widerwärtige Getränk noch immer trinkt, wahrscheinlich sind sie und Magda die Einzigen, die dieses Getränk bestellen, und wahrscheinlich steht die Flasche auch schon seit damals da, seit Anja und Magda weg sind. Und ganz ehrlich, in den letzten fünfzehn Jahren hätte Anja durchaus dazulernen können, könnte einen feinen steirischen Wein probieren von einem bekannten Weingut oder ein regionales Bier, aber es geht leider nicht anders, sobald das Café Ulli und Magda im Spiel sind, muss ein Malibu Orange her, wurscht, wie alt oder vernünftig jemand ist, so schaut es aus. Sie stopft sich wieder ihre Ohrstöpsel hinein, drängt sich zurück zu ihrem Platz, muss ihre Flügel gut organisieren, um sitzen zu können, lässt sie seitlich runterhängen, elegant fühlt sich das an, so ein Flügelhinunterhängenlassen, sie sitzt jetzt ganz aufrecht, rückt sich ihre Antennen zurecht und nippt diskret an ihrem Malibu Orange, sie schaut bestimmt sehr verwegen aus, stellt sie sich vor.

Die Brunch-Mädelsgruppe ist schon wieder aktiv, schickt sich Lokalbewertungen und schreibt *mhh* und *so gut*. Anja schaut sich die Profilbilder an, die haben alle Hochzeitsfotos oder Fotos mit Brunch auf dem Teller, haben die nichts anderes, worüber sie sich identifizieren können? War ihre Hochzeit echt ihr schönster Tag im Leben und jetzt geht es ausnahmslos um Schlemmen und Brunchen und Lunchen und Genießen? Nein, jetzt geht es schon wieder mit Anja durch, also das muss wirklich nicht sein, dass sie immer so eine Gehässigkeit verspürt gegenüber Menschen, die wiederum eine Zufriedenheit in sich spüren, das ist was Schönes, Anja, so ein Zufriedensein, das muss sie nicht gleich wieder allen verderben. Aber Anja beschäftigt das, sie zoomt ein Hochzeitsfoto genauer heran, wie das Brautpaar verkleidet aus einem alten Auto hervorlugt und eine 50er-Jahre-Werbung nachspielt, das funktioniert doch alles nicht, weil man ihnen einfach ansieht, dass sie irgendwelche banalen Österreicher sind und keine Werbung.

Anja kann es grundsätzlich schon verstehen, wie das gemeint ist, es ist schön gemeint, einmal im Leben soll anscheinend was Schönes passieren, einmal, ein einziges Mal, in dem ganzen fahlen Alltag, aber sie kann sich unmöglich vorstellen, dass so was wirklich jemand will. Und was sie besonders beschäftigt: Könnte es ihr passieren, dass sie aufwacht und das Bedürfnis in sich verspürt, das auch zu wollen? Dass sie, verkleidet als Hollywoodtraumpaar, aber mit offensichtlichem rustikalen österreichischen aufgedunsenen Schweinsgesicht ein weißes Spitzenkleid anziehen will, das so schön ausgeschnitten ist, dass man noch deutlicher ihren österreichischen verkümmerten Rücken sieht und ihre verklemmten hochgezogenen Schultern, die sonst nur einen stinkenden Bürotisch kennen? Dass sie auch in die Kamera lächeln will mit ihren Pferdezähnen, die nie so reguliert und gebleacht worden sind wie die von den Menschen auf den guten Fotos? Sie weiß nicht, ob sie Fotos will, auf denen sie strahlt wie an keinem anderen Tag in ihrem Leben sonst, dabei aber gesenkt aus ihrer österreichischen Verklemmtheit hervorschaut. Ob sie ein Schwarz-Weiß-Foto will, mit ihrem Mann im schwarzen Anzug, so haben wir ihn noch nie gesehen, an dessen Gelfrisur und gelblichem Lachen mit zugeschwollenen Augen wir aber gut sehen können, dass er normalerweise bei der Shell-Tankstelle sein Autoöl kauft und eine Wurstsemmel dabei isst. Will sie sich mit einem Kunstrosenstrauß mit Mimosen drin und Papier drüber auf eine Schaukel setzen und ihre schiefe Nase an seine zärtlich stupsen, als wäre es ein Bild aus einem fernen Paradies, aber wenn man genau schaut, kann man sie durchsehen, den Andi und die Steffi aus der 7B, die jetzt erwachsen geworden sind und zumindest das geschafft haben. Also, Anja weiß wirklich nicht, ob sie sich verkleiden will als besonderer Tag.

Und muss sich erst wieder zurückholen in die aktuelle Situation, muss sich zurückholen ins Café Ulli, auf das Faschingsfest, da fällt ihr der Typ auf, der sie anscheinend schon länger anschaut. Er hat einen Spitzhut auf dem Kopf, sie fühlt sich aus unerfindlichen Gründen geschmeichelt, dass sie von jemandem angeschaut wird, der kein Pirat ist, er schaut aus wie eine Zeichentrickfigur, eigenartig, wenn erwachsene Menschen ausschauen wie so kleine Tiere mit Persönlichkeit, warum schaut er so, sie schaut zurück, hat ja sonst nichts zu tun, er schaut weiter, kann der nicht wegschauen, wenn er merkt, Anja fällt das schon auf, wie indiskret von ihm, sie findet das unpassend und macht eine fordernde Geste, erwartet sich schon einen gewissen Respekt, eine gewisse Ehrfurcht, er könnte betreten zu Boden blicken, wenn er merkt, sie bemerkt ihn, aber er schaut weiter, ohne seine Mimik zu verziehen, ihr wird das zu blöd und sie dreht sich weg. „Magda, wo bist du“, wo bleibt die, aber wenn sie nicht daherkommt, trinkt Anja eben ihren Malibu Orange auch noch, selber schuld.

In dem Moment winkt Magda Anja durch die Menschenmenge in ihrer ausladenden Art, da ist sie endlich, sie lacht laut, Anja zieht die Ohrstöpsel heraus, zupft sich die Flügel zurecht, um sich gut zu präsentieren in ihrer ganzen Bienenpracht und um so einen möglichst bescheuerten Kommentar von Magda zu provozieren. Sie breitet die Flügel aus, Magda stürmt her und drückt sie ganz eng an sich, es ist schön, Magdas vertrauten Körper zu spüren, sie spürt Magdas Arbeitshemd, schaut an ihr herunter. „Du bist gar nicht verkleidet." Sie versucht zu verbergen, wie enttäuscht sie darüber ist. „Ja, sorry!" Magda wird, wenn sie unsicher ist, noch überschwänglicher, „Es tut mir so leid, es ist sich nicht ausgegangen, ich hab nix auf die Reihe gekriegt, ich Wappler." Sie hat die Ärmel von ihrem karierten Hemd raufgekrempelt und lässt die Autoschlüssel auf den Tisch fallen und ihren Kopf auch und bemerkt dann erst Anjas Kostüm: „Moi, du bist aber eine liebe kleine Biene." Anja wartet, ob noch was kommt, rückt die Antennen zurecht, schaut möglichst ironisch keck, aber Magda bemerkt es gar nicht, sagt nur, sie ist völlig fertig, hat den ganzen Tag gehackelt, ist mit dem Auto direkt hergekommen, kann also nicht viel trinken heute, soll eh ungesund sein, haha, aber Anja soll ihr ihren Malibu Orange geben gefälligst, einer geht sich schon aus.

„Ich muss dir was Arges erzählen", beginnt Anja, „Ich dir auch!", antwortet Magda, aber Anja soll beginnen, zuerst ist sie dran, so arg, was könnte das sein, sie haben sich ja nur ein paar Tage nicht gesehen, sie soll erzählen, endlich, sie will jedes Detail hören. Und Anja will anfangen, aber da schaut der Typ mit seinem Spitzhut schon wieder so. „Siehst du den Typen?", fragt sie. „Der schaut mich dauernd so an." „Weirdo", findet Magda, und „geiler Hut", und beide müssen sehr stark lachen, aber ob Anja nicht wieder aufs Pferd aufspringen will, wenn der schon so eindeutig glotzt?

„Nein, Scherz", lacht Magda, „Ja echt, es gibt Interessanteres", beginnt Anja und erzählt ganz von vorn, so wie sie sich das vorgestellt hat, erzählt von der Arztpraxis und von dem verschnupften Typen mit dem Teebeutel, von den beiden Damen mit ihren angemalten Lippen und den empörten Blicken, Magda schreit immer wieder auf, lacht laut, aber alles so halb, also Anja kommt es zumindest halb vor, so bemüht und müde, Magda schaut immer wieder auf ihr Handy, ist nicht ganz bei der Sache offensichtlich.



„Ist alles ok?", fragt Anja. „Jaja", Magda dreht das Handy um, es soll nicht mehr stören, sie soll weitererzählen, worauf wird diese Geschichte, die schon so geil anfängt, hinauslaufen? Magda wirkt irgendwie nervös, aber Anja redet trotzdem weiter, kürzt ein bisschen ab, strafft ein wenig und will soeben zur Pointe kommen, dazu, wie sie rausgelaufen ist aus der Praxis und das Mail geschrieben hat, da unterbricht sie Magda, die doch wieder einen kurzen Blick auf ihr Handy wirft, „Hey, ganz kurz" – Magda nimmt Anja an den Händen: „Es kommt noch wer nach, ist das ok?" Sorry, dass sie so abrupt unterbricht, so sorry, aber ob das ok wäre. Anja ist leicht verwirrt, äh, sicher, aber wer, will sie gerade fragen, wer kommt nach, da läutet Magdas Handy, sie springt auf und geht aus dem Lokal, Anja sitzt allein, ein paar Minuten, kennt sich hinten und vorn nicht aus, da kommt Magda Hand in Hand mit einem blonden, schlaksigen, erstaunlich weiß gekleideten Typen zurück. Seine dünnen, fast nicht vorhandenen Lippen fallen ihr sofort auf, Anja ist sich nicht sicher, ob das eine Verkleidung ist, aber sie glaubt eher nicht, sie hat keine Ahnung, wer das ist, er schüttelt ihr die Hand, irgendwie förmlich, aber auch sanft, in seiner weißen Leinenhose und seinem weichen Baumwoll-T-Shirt, er riecht auffällig nach neutralem Nichts, angenehm irgendwie.



„Hallo." Er spricht leise, ob es ok ist, dass er sich dazugesellt, er weiß, Anja und Magda haben sich viel zu erzählen, er will gar nicht stören. „Ja voll, sicher." Anja lacht hilflos, sie hat gedacht, es wird Magdas und ihr Abend, und jetzt ist da jemand, wer ist er, sie versucht Blickkontakt mit Magda aufzunehmen, aber die schaut abwechselnd verlegen lächelnd auf den Tisch und dann zu dem Typen, sie halten sich vorsichtig an den Händen, warum hat Magda ihr nicht erzählt, dass sie jemanden kennengelernt hat? Das ist wohl jemand, den sie kennengelernt hat, oder? Oida, Magda, warum machst du so was, warum sagst du nichts, schreibst du nichts, Anja will mit ihren Blicken Magda erreichen, schneidet Grimassen, damit sie endlich reagiert, aber sie sieht sie gar nicht, Anja versucht Magdas Füße zu erwischen, aber auch das gelingt ihr nicht, Magda, wo bist du, und Anja irgendwann, ob er was trinken will.

Das ist ein guter Einstieg in ein Gespräch, das passt gut, dann fühlt er sich willkommen. „Bier?“ Nein, er ist allergisch auf Bier, Magda lächelt, Anja ist verwundert, eine Bierallergie also, Malibu Orange? Nein, das ist nicht so seins, einen Ingwertee bitte und einen Shot Gin dazu, er war gerade krank, ist ein bisschen verkühlt, da passt das besser. „Hast recht, brenn sie raus, die Verkühlung.“



Silke kommt vorbei, Anja bestellt noch einen Malibu Orange, sie mag das, wie sie spürt, wie sich langsam ihr Magen verpickt mit dem klebrigen Billiggetränk, ob Magda auch noch einen will, es ist Happy Hour. Nein danke, Magda bleibt ab jetzt beim Wasser. Aha, Wasser in der Happy Hour also, was ist mit ihr jetzt auf einmal? Es ist eigenartig, sie so zurückhaltend zu sehen, ohne Malibu

Orange in der Hand und so schüchtern, ihre sonst so feste Stimme ist wackelig, die ist anscheinend echt nervös, *Magda, bist du verliebt???!!!*, tippt Anja schnell in ihr Handy, Magda wird rot im Gesicht und schickt ein Herz zurück, es ist weird, Magda so zu sehen, Anja sieht Magda nie verliebt, sie verliebt sich meistens auf ihren Reisen, fällt Anja gerade auf, jetzt, wo sie akut darüber nachdenkt, Magdas Reisen sind eigentlich immer davon geprägt, wo welche Beziehungen anfangen oder enden, meistens kommt sie zurück nach Österreich, wenn es mit irgendwem irgendwo aus ist, Anja nimmt nie teil an diesen Erlebnissen.

Es ist das erste Mal, dass Anja Magda dabei sieht, wie sie verliebt ist, Magda hat sowieso noch nie viel von Gefühlen oder Problemen erzählt, „Ich mach das lieber mit mir aus“, hat sie meistens gesagt und lieber über Anjas Geschichten geredet. Anja kriegt ein schlechtes Gewissen, vielleicht redet sie zu viel über sich, sie erzählt Magda gern von ihrem Innenleben, aber vielleicht hätte sie Magda mehr fragen sollen, aber es ist schwer, zu ihr durchzudringen, also nicht zur äußerlichen, lachenden Magda, sondern zur ehrlichen, innerlichen, ist es schwer, Zutritt zu erhalten, wenn man genauer darüber nachdenkt. Silke bringt Anjas Malibu, Magda ist so still, vielleicht weil sie nichts trinkt, der Typ fährt ihr durchs Haar, Anja will wegschauen, hat das Gefühl, sie stört die beiden in ihrer Intimität, überhaupt kommt sie sich blöd vor, wie sie da sitzt, allein auf der Bank mit den Flügeln auf dem Rücken und den Antennen auf dem Kopf, gegenüber von den beiden, unverkleidet Arm in Arm, gestresst und ausgelaugt von der harten Arbeit, während sie den ganzen Tag nichts gemacht hat, außer voller Erwartung zu sein.

Hoffentlich schaut sie von außen nicht so aus, wie sie sich fühlt, sie trinkt zu schnell, ihr Glas ist schon wieder fast leer, warum sagt niemand was, da meint sie: „Magda und ich kennen uns seit dem Kindergarten.“ Sie sagt diesen Satz gern, sie ist stolz darauf, eine Freundin schon so lang zu haben. „Ich mein arg, oder? Seit dem Kindergarten?! Da wird man ja weiß nicht wie oft ein anderer Mensch im Laufe so einer Freundschaft.“ Er lächelt, ihm scheint die Geschichte auch zu gefallen. „Das stimmt“, sagt er, was ihn gleich sympathisch macht. Anjas Gesicht wird heiß, sie will erzählen, will ihn, der zu Magda gehört, in ihre Gemeinsamkeit einladen, nimmt für dieses Unterfangen die Antennen ab, um bei Bedarf mit ihnen zu gestikulieren, also sie findet es interessant, überlegt sie laut, sie weiß gar nicht mehr, worüber sie im Kindergarten geredet haben, auch nicht mehr in der Volksschule, sie kann sich nur an dieses Gefühl der Verbundenheit erinnern, das schon immer da war und das verursacht hat, dass sie füreinander da waren, was sie wiederum zu Schwestern gemacht hat, weil Anja keine fleischliche Schwester hat, und Magda nur eine viel ältere, also waren sie füreinander Schwestern, „Schulschwester", „Saufschwester", „Seelenschwester" oder „Menstruationsschwester", je nach Bedarf eben, haben heimlich geraucht und Magdas Zimmer mentholgrün ausgemalt oder ihren Lehrerinnen am jährlichen Kirtag Knaller vor die Füße geschmissen.

Anja nimmt einen Schluck, vielleicht will jemand was sagen, vielleicht möchte er etwas fragen oder anmerken, aber er lächelt nur spitz, Magda sagt auch nichts, warum eigentlich nicht, Anja wartet, aber es kommt nichts, sie schweigen nur händchenhaltend durch die Gegend, da fällt ihr die Saunageschichte ein, die ist gut, die bringt Gesprächsstoff, die geben Anja und Magda immer zum Besten, weil sie faderweise das Wildeste war, was sie damals erlebt haben. Anja setzt also an, wie sie eine Flasche Sangria in die Sauna im städtischen Hallenbad geschmuggelt und die feschsten Typen aus ihrer Klasse überredet haben, mit ihnen Wahrheit oder Pflicht zu spielen, und die Pflicht war, dass alle mit allen saugen – versteht er das Wort „saugen"? –, also schmusen, küssen müssen. Danach hat ihnen die Zunge weh getan vor lauter Zungeneinsatz, außerdem wissen die beiden seitdem, dass die, die gut ausschauen, ziemlich sabbern beim Küssen, und übrigens: Anja weiß seitdem auch, dass Magda ziemlich gut küssen kann, aber bestimmt weiß er das selber schon, oder? Anja lacht und zieht den Rest vom Malibu Orange durch den Strohhalm, sie ist jetzt ganz aufgekratzt und wartet darauf, dass Magda einsetzt, ihren Teil der Saunageschichte zu erzählen, den Teil, dass die Sauna so ungeputzt war und voller Haare, aber sie sagt nichts, also erzählt Anja schnell, dass der ärgste Sabberer jetzt mit Magda im Feinkostladen arbeitet, er aber keine Ahnung hat, dass Anja und Magda ihn seit damals „Sabberer" nennen, den Namen wird er nie mehr los, Anja lacht laut und schaut erwartungsvoll zu Magda. Aber die lächelt nur mit ihren roten Backen, die fast leuchten, wirft mehrere unsichere Seitenblicke zu dem Typen, der wie versteinert auf den Tisch starrt.



Soll Anja weiterreden? Sie weiß ja auch nicht, wie man sich verhält in so einer Situation, weil sie eben noch nie in ihr war. Sie möchte einen guten Eindruck herstellen, aber Magda wirkt so angespannt, Anja fragt sie noch einmal, ob sie nicht doch was trinken wollen, vielleicht tauen sie dann auf, der Abend könnte noch lustig werden, sie sind eh gemütlich die beiden, kein Problem, dass der Abend diese unerwartete Trendwende genommen hat, voll ok ist das für Anja und sie nimmt noch einen Schluck. Die beiden flüstern sich etwas zu, es ist komisch, dass sie flüstern, Anja ist sich nicht sicher, ob sie das verstehen soll, will nicht eindringen in ihre Privatheit, sie versteht irgendwas von, dass Magda sich schon aufs Frühstück morgen freut, sie nimmt seine Hand und zu Anja: „Er macht sein Granola selbst, es ist das beste.“ Sie hat noch nie so ein geiles Granola gegessen, sie schließt lächelnd die Augen, so glücklich macht sie das selbst hergestellte Granola anscheinend. „Ist ganz einfach“, sagt er, „aber selbst gemacht ist eben immer besser“, und Magda zu Anja, ob sie voll böse ist, wenn sie gehen? Und kneift die Augen und beißt die Zähne zusammen, als würde sie aktiv ihr schlechtes Gewissen zeigen wollen, als würde sie sagen wollen: „Ist das eh nicht blöd für dich, wenn ich dich jetzt ganz allein sitzen lass in deinem Bienenkostüm?“ He nein, Magda, geh nur, hau nur ab, und kein Problem, dass du nichts gesagt hast, dass du jetzt einen Freund hast, das sagt Anja natürlich nicht, sondern: „Nein, voll ok.“ Sorry, dass sie fad ist, sagt Magda noch einmal mit so einer Entschuldigung in der Stimme, aber das Auto, und sie muss morgen in aller Früh arbeiten, nein, eh klar, Anja versteht das, sie hat ja keine Termine zur Zeit, sie bleibt noch. „Gehts nur, hat mich voll gefreut.“ Magda stellt sich hinter Anja und umarmt sie fest: „Ich meld mich morgen, ok? Telefonieren wir unbedingt morgen, dann erzähl ich dir alles, du Beste aller Freundinnen.“

„Ja sicher.“

Anja schießen die Tränen in die Augen, hoffentlich sieht das niemand. Was hat sie jetzt für ein Problem, Magda geht einfach früher, das wird sie schon aushalten, nein, aber das war schon wirklich komisch. Anja schaut den beiden nach, durch das Fenster, wie sie draußen auf der Straße gehen, Hand in Hand, sie reden gar nicht, eine schweigende Magda, na so was.

Eine unerwartet große Traurigkeit breitet sich in Anja aus und ein großes Alleinsein, warum hat sie nicht gewusst, dass Magda wen kennengelernt hat? Sie hat sogar schon sein Frühstück kennengelernt, das kann nicht ganz neu sein. Anjas Herz beginnt zu brennen, Magda gehört jetzt zu wem anderen, sie sind keine Einheit mehr, was natürlich Blödsinn ist, weil sie schon lang keine Einheit mehr sind, das weiß sie, aber es war so schön gerade, gerade sind sie wieder die von früher geworden. Aber gut, er wird wohl nicht bleiben, er ist nicht unbedingt ihr Typ. Ein blasser Obersteirer, der wirkt, als würde er sich bewusst keinem Dialekt zuordnen lassen wollen, er spricht leise und bewusst nach der Schrift, der ist viel zu nett für Magda, Magdas Männer waren immer viel wilder, so wie sie, aber vielleicht, denkt sich Anja, also vielleicht ist so ein blasser Obersteirer ganz gut für sie, ein blasser Obersteirer, der sein Granola selbst macht, eh süß, vielleicht tut ihr das ganz gut, vielleicht kann sie sich auf ihn verlassen, vielleicht erzeugt er kein Chaos in ihr, so wie ihr sonstiges Beuteschema, sie freut sich für Magda, sicher freut sie sich.

So. Was machen wir jetzt mit Anja und ihren Bienenflügeln, bleibt sie jetzt sitzen oder geht sie heim oder was? Sie soll sich zusammenreißen, manchmal nimmt sie alles zu persönlich, legt ihre ganze Hoffnung in einen Abend, weil sonst schon nichts ist, das kann ja nur schiefgehen. Magda darf auch ohne dich Spaß haben, echt jetzt Anja, aber sie kann nichts machen, ihr Herz brennt, was soll sie tun, kann es sich nicht einfach wegdenken, das Brennen, und weiß nicht, was sie anfangen soll mit dem angebrauchten Abend. Das Café Ulli beginnt sich zu drehen, das muss die Mischung aus Malibu Orange und Spritzer sein, ein schönes Gefühl ist das, und bestellt gleich noch einen Pfirsichspritzer, dann macht sie das halt allein, wenn Magda das nicht mehr aushält, ihr doch egal. Geht wieder zur Bar, setzt sich auf einen Barhocker und schaut Silke zu, wie sie die Flasche, auf der ein lustiger Pfirsich mit Gesicht abgebildet ist, herausholt und das dunkelrote Getränk ins runde Glas gießt. „Bitte, Anja."

„Danke, Silke." Anja nimmt einen großen Schluck. Silke. Anja schaut Silke an und denkt sich noch einmal ihren Namen. Silke. So heißt sie also. Silke, auf einmal klingt der Name ganz erstaunlich, also dass sie wirklich so heißt, ist doch hochinteressant, Silke, Silke, Silke, was ist das für ein

Name, Silke, haha, ein Name, den es tausendmal gibt, der aber so unglaublich klingt auf einmal, Silke! Überhaupt dass jeder Mensch einen Namen hat, alle Menschen herinnen, auch all jene, die sich heute für Piraten halten, besitzen ihren eigenen Namen, was für ein Wunder, so ein Name, sie heißt zum Beispiel Anja. Anja, Anja, auch ganz herrlich, dass sie Anja heißt, und schön, dass auch alle anderen heißen dürfen, sie gönnt es ihnen von Herzen, allen Menschen gönnt sie ihren eigenen Namen, der nur ihnen gehört, und ext den Pfirsichspritzer, ihr wird ganz heiß und alles dreht sich noch mehr, das fühlt sich gut an, wie der Beginn eines Erlebnisses, der Beginn einer Nacht, die einiges bereithält, was ein Nachhausegehen ziemlich unangebracht erscheinen lässt.



Anja streicht sich die Flügel zurecht, Silke, Silke, Anja, haha, die Flügel sollen schön anliegen, rückt die Antennen gerade, sie will noch bleiben, will ein Abenteuer haben und vielleicht auch zu wem gehören, zumindest für einen Moment, da starrt der Typ schon wieder, Anja starrt zurück, verzieht keine Miene und schaut diesmal nicht weg, so lang starrt sie, bis er herkommt. Er setzt sich zu ihr an die Bar und traut sich von der Nähe gar nicht mehr so direkt zu schauen, sondern nur mehr in sein Bierglas hinein, er ist auf einmal ganz unbeholfen und wirkt von der Nähe viel jünger, was sein Spitzhut noch verstärkt, wie ein Bub, der unabsichtlich erwachsen geworden ist und der jetzt, ohne das jemals gewollt zu haben, eine Arbeit haben muss und Ernsthaftigkeit.

Er sagt in einer leicht holprigen Art, er will sie gar nicht stören und er weiß, dass er peinlich ist, aber er findet Anja schön. Sie ist enttäuscht, hätte gern was Interessanteres gehört, etwas, was sie von null auf hundert erregt, etwas Verwegenes, aber gut, das echte Leben ist oft eher holprig als verwegen, aber dass er sich selbst peinlich findet, hätte Anja jetzt wirklich nicht hören wollen, oder ist das cute und authentisch und sie hat das schon wieder nicht verstanden? Sie ist aus der Übung, weiß nicht mehr, was cute ist heutzutage, vielleicht ist peinlich cute, wer weiß, wäre jetzt nicht ihre erste Assoziation gewesen, aber hey, sie ist offen, lernt auch gern dazu, wann hat sie das letzte Mal wen kennengelernt, einfach so, unverbindlich?



Vor einem Jahr, er war ihr Arbeitskollege, er wäre vielleicht jemand gewesen, der cute hätte sein können, Anja und er haben oft privaten Blickkontakt gehabt in professionellem Kontext, aber noch bevor sie den Blickkontakt zu einer Körperlichkeit machen hätten können, ist er ins Ausland. Auf jeden Fall gefällt Anja, dass der starrende Typ sie zumindest schön findet. Das hört sie gern, der gefällt ihr, dieser Satz, der tut ihr wohl in ihrem Ohr, was gut ist, weil ihr Ohr schon wieder zu schmerzen beginnt bei dem ganzen Lärm, wurscht jetzt, sie sagt einmal nichts, weil vielleicht sagt er den Satz noch einmal. Sie trinkt den letzten Spritzerschluck, stellt ihr Glas ab, schaut stumm an ihm vorbei. „Magst du noch was?“, fragt er sofort und springt auf, Anja lenkt ihren Blick kurz auf ihn und sagt nur „Gin Tonic“ und dann, weil der Spitzhut weiterhin Rätsel aufgibt: „Was bist du eigentlich?“

„Robin Hood“, als hätte er nur auf diese Frage gewartet, nimmt er seinen Spitzhut ab, wie zum Gruß, und grinst sie erwartungsvoll an, aber Anja nickt nur mit einem uninteressierten „Hm“ und blickt wieder geheimnisvoll in die Ferne. Es ist erstaunlich, wie gut das funktioniert, wobei sie gar nicht weiß, was genau funktioniert, was sie eigentlich will, was ihr Ziel ist, sie hat keinen blassen Schimmer, aber irgendwas geht, zumindest, dass er sagt, dass sie schön ist, und er ihr Gin Tonic bestellt, ganz falsch kann das alles nicht sein.



Robin Hood also, jetzt muss sich Anja wieder vorstellen, woran er gedacht hat, als er das Kostüm ausgesucht hat, welche Fantasien dahinterstecken, sie will das alles eigentlich nicht wissen, sie hat keine Lust, über Menschen in Kostümen nachzudenken, er geht auf die andere Seite der Bar, um Silke zu erwischen, jetzt sieht sie erst sein Schwert, er hat tatsächlich ein Spielzeug-Metallschwert an seinem Gürtel hängen, nein, eh lieb, wenn er Freude am authentischen

Verkleiden hat, im Gegensatz zu Magda. Robin Hood kommt zurück und sagt schon wieder: „Boah, du bist so schön“, und stellt ihr den Gin Tonic hin. „Danke“, mehr hat Anja nicht zu sagen, lässt offen, wofür sie sich bedankt hat, für das Getränk oder das Schönsein, er darf ruhig ein wenig rätseln, was sie so meinen könnte in ihrer geheimnisvollen Art, sie sitzen, im Schweigen, dann er: „Prost!“, und streckt ihr sein Glas entgegen, sie wartet, stößt dann an, ohne etwas zu sagen, sie trinkt, nippt, immer wieder einen kleinen Schluck, das Glas wird immer leerer, niemand spricht, Minuten vergehen, noch mehr Minuten, er bewegt sich auf seinem Barhocker hin und her, es gefällt Anja, wie die Situation unangenehmer und er immer unsicherer wird, sie möchte noch mehr davon, möchte mehr von was auch immer, schweigt, wird ehrgeizig im Schweigen.



„Du bist die skurrilste Begegnung, die ich je gehabt hab“, kann er sich irgendwann nicht mehr zurückhalten und setzt so ein nervöses Lachen nach. Sie bewegt sich nicht, er rückt auf seinem Barhocker herum, irgendwann, als das Nichtssagen fast unerträglich wird, dreht sie sich ganz langsam zu ihm: „Warum?“

Langsam wird es interessant, also Anja kann sich gut vorstellen, wie sie von außen interessant wirkt, und findet sich selbst unglaublich interessant, sie gefällt sich gut dabei, wie undurchschaubar sie ist, die Fremde im Café Ulli mit den schwarzen Antennen auf dem Kopf, die Skurrilität aus Wien, da beugt er sich ganz nah zu ihr – ok, was will er jetzt –, schaut möglichst verführerisch aus seinen Augen heraus und flüstert schreiend in ihr Ohr: „I tat di jetzt irrsinnig gern ficken."

Hä, was?

Er schreit das auf so eine Skistadl-Art, so, dass sein warmer betrunkener Atem ihr Ohr unnötigerweise befeuchtet, so, als würde er jedes Jahr zum Après-Ski nach Kitzbühel fahren, um dort von den Männern zu lernen, den Stammtouristen, die sich in ihren Lederhosen und Fellstiefeln und hochroten Schädeln die Skiunterwäsche vom Leib reißen, die mit ihren unbeweglichen Skischuhen mit viel zu großen Schritten krachend durch eine besoffene, grölende, ausdünstende Menschenmenge taumeln, um am mit Marillenschnaps verklebten, handgeschnitzten Holztisch eine Line zu ziehen, und danach mit geweißter, tropfender Nase der Kellnerin im kurzen Glitzerdirndl spuckend ins Dekolleté hineinbrüllen und sie dabei mit einem Hirschgeweih bedrohen, wonach der ganze Tisch zu lautem Gelächter ansetzt und die Kellnerin sich nur mehr mit Pfefferspray aus den Krallen der triefenden Widerlinge befreien kann, so sagt er das, nur mit einer leichten unüberzeugten Brüchigkeit in der Stimme, als würde er selbst an dem Versuch, wie diese Männlichkeit zu sein, zu stark zweifeln.

Anja ist doch ein wenig irritiert, wenn nicht sogar angeekelt, alles an dieser Situation ist gerade mehr als verwirrend, und beschließt, ihm prüfend in die Augen zu schauen, ein bisschen zu lang, die er sofort von ihr abwendet und nachsetzt: „Tschuldigung, das war nicht so gemeint, ein kleiner Scherz meinerseits, mah, ich weiß auch nicht, wie ich bei dir tun soll, du machst es mir so schwer." Sie schaut sich im Lokal um, viel besser wird es heute nicht mehr, denkt „Na ja" und sagt: „Ok."

„Was, ok?" Er ist sichtlich verwundert, Anja nimmt ihn an der Hand, die leicht verschwitzt ist, hat ihn sein eigener Übermut also doch zu nervös gemacht, braucht er ja nicht nervös zu sein, hat doch gekriegt, was er will, fürchte dich nicht, Robin Hood, du mutiger Krieger der Gerechten, Anja hat dich schon erhört, also vielleicht nicht zu lang herumfragen, bevor sie es sich anders überlegt, bevor es ihr zu blöd wird, bevor sie vielleicht nicht doch noch jemand anderen sieht, der ihr jetzt nicht unbedingt gut gefallen könnte, so weit wollen wir nicht gehen heute Abend, aber jemanden, der zumindest nicht so lang fragt, irgendein Pirat vielleicht, aber sie zieht ihn schon aus dem Café Ulli.

Es ist ein sehr anstrengender Moment, wenn man aufwacht und nicht zuordnen kann, wo man ist. Und wenn man es dann nach zu vielen Sekunden zuordnen kann, draufkommt, dass man dort, wo man ist, eigentlich nie sein wollte außer vielleicht in dem Moment, in dem man die Entscheidung getroffen hat, der aber schon längst wieder vorbei ist, und jetzt hat man mit dem fahlen Danach eines ehemaligen Rauschs umzugehen. Und so geht es auch Anja, da können wir sie jetzt auch nicht rausholen aus der blöden Situation, in der sie sich fürs Erste einmal überhaupt nicht auskennt und nicht weiß, warum ihr Ohr wieder so dröhnt, die Zimmerdecke über sich sieht und sich nur denkt: „Irgendwas ist zu hoch." Und dann schwant es ihr schon und je länger es ihr schwant, desto mehr fällt ihr das ganze Gestern wieder ein, die Geschichte mit Magda, ihr Herz beginnt wieder zu brennen, schmeckt die Malibu Orange und die zu vielen Zigaretten, die Gin Tonics und die Averna Sours, die dann auch noch waren. Die Rauchschwaden stehen noch in der Luft und erinnern daran, woran sich Anja nicht erinnern kann, später wird sie an der leeren Averna-Flasche vorbeigehen müssen, die jetzt zur Hälfte mit Zigarettenstummeln angefüllt ist, und irgendwo dort unten muss noch ein Glas liegen, irgendwas ist umgefallen am Ende, das weiß sie noch, und eine Zitronenscheibe hat sich in den Teppichboden hineingesaugt.

Sonst schaut es aktuell nicht so gut aus mit dem Wissen und ihr, nur mehr Fetzen von dem, was war, weiß sie und kann nur so halb vor sich hinsehen vor lauter Grind. Sie liegt in einem Hochbett, sie ist tatsächlich in das Hochbett eines erwachsenen Mannes hineingeklettert, warum hat jemand ein Hochbett, der über zehn ist, und fragt sich, ob da jetzt vielleicht auch noch eine Rutsche runtergeht, eine Rutsche, die er jeden Morgen hinunterrutscht, von seinem Hochbett in den schönen Tag hinein. Anja liegt eingeklemmt zwischen seinem Körper und der Wand, kann weder vor noch zurück, viel zu nah liegt er bei ihr, so als würden sie sich kennen, das ist schon eine ziemliche Zu-

mutung, er könnte schon einen Respektabstand wahren, wenn man bedenkt, dass sie sich keine zwölf Stunden kennen. Von dem eigenartigen Bild an der Wand fühlt sie sich beobachtet, was ist das, eine Maschine mit Augen, ein Roboter, wahrscheinlich irgendwas, was sie kennen sollte, ist das Kunst oder Trash oder hat er es selbst gezeichnet? Hat er es sich gekauft, hat er es bekommen, hat er es in einem Geschäft gesehen und sich gedacht: „Lässiges Bild, das nehm ich mir“, sie kann ihn nicht einschätzen, kennt ihn ja nicht, so viele Fragen, viel zu viele Fragen.

Sie schaut zu ihm, wie er da liegt, auf dem Bauch mit angewinkeltem Bein und dem halb offenen Mund. Das ausgerollte Kondom klebt in seiner leeren und sackförmigen

Art an seinem Knöchel, ah ja, irgendwas hat nicht so ganz funktioniert, aber schön immerhin, wenn es sich für beide nicht ausgezahlt hat, so ist wenigstens eine gewisse Gleichberechtigung vorhanden, das versöhnt Anja ein wenig mit der Situation. Er atmet völlig entspannt vor sich hin, unter seiner Schulter ragt ihr Bienenflügel hervor, Anja ertastet auf ihrem Kopf seinen Spitzhut, was soll das jetzt, schon wieder so ein Detail, über das sie nicht näher nachdenken will, sie zieht schnell ihre Unterhose unter seinem Knie hervor, nicht einmal davon wacht er auf, er muss es sehr gemütlich haben in seinem Schlaf, versucht den Bienenflügel unter seiner Schulter hervorzuzerren, aber es gelingt ihr nicht, sie zerrt weiter, sie kann nicht einmal aufrecht sitzen, wer hat dieses Hochbett so knapp unter die Zimmerdecke geklebt, das ist ja nicht normal, rüttelt an dem Flügel, dann eben nicht, dann behalt dir eben die Biene.



Sie packt ihre Tasche zusammen, die sie mit in das Bett hineingenommen hat, die sie als Kopfpolster benutzt hat offensichtlich, was hat sie sich dabei wieder gedacht, aber es ist sehr praktisch, dass die Tasche schon bei der Hand ist, so hat sie gleich alles bei der Hand, es ist gut, gleich alles bei der Hand zu haben, außer die Flügel, die hat sie nicht bei der Hand, die hat er unter dem Arm, sehr leise packt sie alles zusammen, robbt über seinen Körper zur Leiter, macht sich bereit, hinunterzuklettern, scheiße, da kriegt man ja Höhenangst, und wie soll sie sich drehen, mit dem Rücken zur Leiter oder umgekehrt, bei welcher Version ist es weniger wahrscheinlich, gleich hinunterzukrachen, alles dreht sich wieder, wie kann man sich das jeden Tag antun, was für einen Fetisch hat er, Anja klammert sich an den Sprossen fest, sie klettert die Leiter hinunter, mit Blick zum Bett, diese Version erscheint ihr doch ein wenig sicherer, klettert also, da sagt er plötzlich, ganz schlaftrunken: „Wo gehst du hin?"

Sie kriegt einen derartigen Schreck, dass sie nur froh sein kann, die Sprossen nicht losgelassen zu haben, verharrt auf der Leiter, sucht durch die Bettleisten seinen Blick, weil

sie sich gerade nicht sicher ist, ob er wirklich was gesagt hat. Er blinzelt sie an, fragt noch einmal: „Wo gehst du hin?", und hat dabei eine doppelte Stimme, weil man die immer hat, wenn man als Erstes was sagt nach dem Aufwachen und sich noch nicht geräuspert hat. Anja hätte jetzt nie mit seiner einsetzenden Stimme gerechnet, noch dazu so laut, er schaut sie müde an, eh lieb, verwirrend so was, und sie schnell: „Willst einen Kaffee?" Und er gleich voller Begeisterung: „Voll gern", gähnt dabei, streckt die Arme und den ganzen Körper mit einem Quietschen in der Stimme von sich und setzt nach: „Findest alles beim Herd", und schließt wieder friedlich die Augen.

„Alles klar.“ Anja klettert weiter, rutscht auf der letzten Sprosse fast aus, hält sich gerade noch fest und lässt sich auf den Boden fallen, endlich Boden, wäh, die alten Zigarettenstummeln in der Flasche, wäh, die Zitronenscheibe im Teppichboden, was einmal lustig war, aber vorbei ist, dürfte man nicht mehr sehen können, geht zur Miniküchenzeile mit zu viel Geschirr darauf, dreht das Wasser auf, wäscht sich kurz über ihr Gesicht, fliegt dann beinahe über die zwei Fahrräder, die da stehen, recht viele Fahrräder für so eine kleine Wohnung, zieht sich die Schuhe an und schnell raus. Beim Türschließen meint sie noch ein „He, deine Flügel“ zu hören, schnell raus aus dem Haus, raus auf die Straße.



Es ist acht in der Früh und schon viel los in der Stadt, ein grauer, kalter Februartag, eifrige Menschen verrichten nützliche Tätigkeiten, man kann ihren Atem in der Luft sehen, engagierte ältere Damen mit Einkaufskorb und guter Kleidung gehen herum und andere in die Arbeit, ein Bauernmarkt ist da, es riecht nach Sellerie und Karotte, sie bleibt stehen vor dem Fleischhauergeschäft, aus dem Wurstgeruch herausströmt. Anja schaut den Menschen zu, wie sie gehen in ihrer jeweiligen Art, es ist eigenartig, wie normal der Tag für alle beginnt, die nicht sie sind, nur weil sie nicht das erlebt haben, was sie erlebt hat.

Es war eine seltsame Nacht, das können wir nicht wegleugnen, dass das seltsam war, hoffentlich sieht sie den Typen nicht wieder, schießt es ihr ein, hoffentlich hat er nicht die spontane Eingebung, einen Bauernmarkt aufsuchen zu wollen, und steht jetzt gleich vor ihr, nein, bestimmt nicht, er war doch recht müde, Anja möchte ihn nicht wiedersehen, jetzt nicht und danach auch nie wieder, sie ist nicht so, sie mag das nicht, sich freundschaftlich unverbindlich wiedersehen zu müssen, sich zuzuwinken und „Ah hi, du auch hier" zu sagen und „Wie gehts?", sie ist eher so, dass sie gar nicht reden will nach solchen Erlebnissen, will einander gar nicht mehr zufällig über den Weg laufen, das ist mehr sie, sie ist weniger die lockere Unverbindliche, sondern mehr die verbindliche Vermeidung, was in dem Fall aber schwierig ist, wenn sie jemals wieder ins Café Ulli gehen wollen wird. Schwierig, so eine Kleinstadt, Wien ist mehr ihres, sie weiß nicht, wohin mit sich, geht los, zu Magda in den Feinkostladen, vielleicht arbeitet sie schon und hat Zeit.



Ob Anja eine rauchen gehen will, und bist du deppert, sie hat aber eine Fahne. Magda lacht Anja entgegen und freut sich anscheinend echt, dass sie gekommen ist. Anja ist erleichtert, dass Magda sich freut, sie war sich nämlich nicht sicher nach dem gestrigen Abend, ob vielleicht irgendwas ist. Beim Gedanken an eine Zigarette kommt wieder recht akut das Würgegefühl in Anja und sie fragt, ob Magda vielleicht einen Tee hat. „Ich hab eine bessere Idee", sagt sie und sie gehen in die Bäckerei nebenan.

„Das geht einfach?"

„Ist ja nur kurz." Magda wirkt aufgekratzt, strahlt aus ihren Sommersprossen heraus und kann es gar nicht erwarten, dass sie endlich sitzen, Anja soll endlich berichten! Anja freut sich, dass Magda jetzt alles hören will, endlich kann sie erzählen, die ganze Geschichte von der Kündigung und von der seltsamen Nacht gestern. Magda schaut sie erwartungsvoll an. „Und?!" Anja setzt an, will zu erzählen beginnen, wie sie den Typen zurück angestarrt hat, er zu ihr hergekommen ist, vom seltsamen Nichtreden und von der absurd kleinen Wohnung mit dem Hochbett, dem missglückten Sex, sie will gerade ansetzen, da fragt Magda: „Wie findest du Volker?"



Ein Stich kommt in Anja, sie bremst ihre Erzählung schnell ab und hofft, dass Magda nicht merkt, dass sie eigentlich von sich sprechen wollte und gar nicht an Magdas Lover, der also Volker heißt, gedacht hat, und sagt schnell: „Äh, nett … nein, wirklich sympathisch."

„Ich hab es gar nicht erwarten können, dich ihm vorzustellen, ich hab ihm schon so viel von dir erzählt." Anja freut sich, dass sie Magda anscheinend echt so wichtig ist, und versucht weiter was Interessantes über gestern zu sagen, also dass sie jetzt nicht wahnsinnig viel von ihm mitbekommen hat, aber ihr hat es gefallen, dass er irgendwie unaufdringlich war, so still, und dass er Granola selbst macht, ist ein Pluspunkt. Magda lächelt und blickt verträumt auf den Tisch.

Es ist schwer, Anjas Gefühle in der Situation zu beschreiben, abgesehen von ihrer noch immer durchaus anwesenden Restbetrunkenheit und ihrem Ohr, das jetzt wieder abwechselnd dröhnt und pfeift, ist ihr Körper so schwer, wenn sie etwas über Volker sagen soll, es fällt ihr schwer, die Wörter, die Magda hören will, zu formulieren, und sie weiß ehrlich gesagt nicht, warum, also ob es tatsächlich nur an ihrem Zustand liegt oder daran, dass es schon komisch ist, dass Magda ihr nichts von dem Typen, also von Volker, erzählt hat. Aber er war ihr nicht unsympathisch, sie weiß ja nichts über ihn und sagt jetzt, um eine Ehrlichkeit zuzulassen, die vielleicht auch das schwere Gefühl nehmen könnte, vielleicht hilft das: Also wenn sie ganz ehrlich ist, war sie schon überrascht, dass es wen gibt, seit wann kennt sie ihn und was macht er so, Magda soll endlich erzählen! Magda versteht voll, dass es für Anja weird war, dass sie vorher nicht von ihm erzählt hat, „Danke für deine ehrliche Rückmeldung“, aber ob Anja das nicht kennt, das Gefühl, dass man von etwas, von dem man nicht weiß, was es wird, nicht gleich erzählen will?

„Aber es bin ja ich!“

„Eh“, aber es hat bei Magda ja echt nie funktioniert mit einer Beziehung und darum wollte sie einfach abwarten, bis sie weiß, was das ist, bitte nicht böse sein. „Beziehung also“, das geht aber schnell, wann haben sie sich denn kennengelernt und wie? Magda soll Anja nicht so auf die Folter spannen! Magda beginnt wieder zu strahlen, es ist die voll arge Geschichte, vor zwei Wochen war sie spazieren. „Vor zwei Wochen schon?!“ Wie geht das, sie, also Anja und Magda, haben sich fast jeden Tag gesehen, und das hat sie einfach verheimlicht, warum? Magda kann gut verstehen, dass Anja das irritiert, aber sie ist eben so, sie wollte abwarten, bis sie weiß, was das ist, zwischen ihr und Volker. 

Also sie war spazieren, oben bei den gefällten Bäumen, dort, wo die Weide ist, ob Anja weiß, welche Strecke sie meint? Und da ist er ihr entgegengekommen und hat sie gefragt, ob man einen Rundweg gehen kann oder nur den gleichen Weg zurück, und Magda hat ihm Anjas und Magdas Geheimweg gezeigt, einfach so, es ist einfach passiert, während sie sich total gut unterhalten haben, er hat so eine Offenheit ausgestrahlt, sie weiß auch nicht, wie sie es beschreiben soll, sie hat sich einfach pudelwohl gefühlt mit ihm, sie sind zusammen durch das Gestrüpp, über den Abhang runter auf den Schotterweg, sie haben furchtbar gelacht dabei, weil seine Schuhe so rutschig waren, es war entzückend, wie vorsichtig er gegangen ist, er geht nie so querfeldein normal, und es war insgesamt einfach total nett. Sie haben dann noch länger geplaudert, über alles Mögliche, und sich dann verabschiedet. Magda ist gleich aufgefallen, wie interessiert er nachfragt und wie genau er zuhört, seine Aufmerksamkeit eben, hat dann aber nicht mehr wirklich an ihn gedacht. Sie redet ganz schnell mit ihren roten Backen, er wäre jetzt nie ihr Typ gewesen, wäre ihr nie aufgefallen, so als „Mann", aber dann ist er

am nächsten Tag einfach bei ihr im Geschäft gestanden! „Zufall?"

Anja findet es schon auch romantisch, nein, viel ärger, er hat sie nicht vergessen können anscheinend und sie auf Social Media gesucht, und da ist das eine Video, das Magda im Feinkostladen gemacht hat, und er ist einfach aufgetaucht, auf gut Glück, hätte sich nie gedacht, dass er sie wirklich findet, aber ok, das ist wieder der Vorteil an einer Kleinstadt. Und Magda war schon ein bisschen vor den Kopf gestoßen, aber er voll lieb, dass er sie nicht stören will, hat ein Vitalweckerl gekauft und ihr beim Zahlen ein Zettelchen überreicht, auf dem gestanden ist: *Heute, 20 Uhr, Pestsäule?*

„Was?“ Das ist ja wie in einem Kitschfilm, Anja ist beeindruckt, kann es aber nicht ganz glauben, nein es war so, ehrlich, und Magda ist dann natürlich hin.

„War das der Abend, an dem du gesagt hast, du hast Magen-Darm-Grippe?“

„Ja, sorry!“

Magda zieht jeden Laut extrem in die Länge und schaut Anja an wie ein kleines Kind, bitte Magda, schau nicht wie ein kleines Kind, das findet vielleicht Volker süß, aber sicher nicht Anja, also das sagt sie natürlich nicht, denkt sie sich auch nicht, Magda soll fortfahren mit ihrem märchenhaften Erlebnis, alle fiebern bereits gespannt mit!

Auf jeden Fall hat sich Magda gedacht, das lässt sie sich sicher nicht entgehen, so ein Abenteuer, und dann, es war der megaschöne Abend, sie haben nur geredet, waren in der Pizzeria Roberto, die, die von außen so abgefuckt ausschaut, aber ganz nett ist eigentlich. Er, also Volker, ist eine beeindruckende Persönlichkeit, er arbeitet mit Holz, baut Gamben, seine Werkstatt, wunderschön, es ist so cool, diese Mischung aus Handwerk und Kunst, und überhaupt, dass er alles selbst macht, ist total super. Und er hat schon viel durchgemacht, er kommt aus schwierigem Elternhaus – oh, jetzt wird noch seine ganze Psychologie ausgerollt, damit hätten wir jetzt auch wieder nicht gerechnet, also wenn Magda einmal loslegt, dann aber ordentlich, zuerst so diskret sein und dann kein Ende kennen, nein, nur zu Magda, hoffen wir nur, dass Anja sich nicht anspeibt, weil sie einen viel zu süßen Früchtetee, der fast pink ist, bestellt hat – also er hat dann erst spät gemerkt, was das mit ihm gemacht hat, dass dieser frühe Vertrauensbruch schon Spuren hinterlassen hat. Er strugglet mit seiner Gesundheit, da ist viel psychosomatisch, also nichts Schlimmes, aber er ist empfindlich, hat viele Allergien, muss einfach gut aufpassen auf sich.

„Ah ja, die Bierallergie." Anja ist zu müde, um zu fragen, was das eigentlich sein soll, ja zum Beispiel, Magda findet das beeindruckend, hört sie nicht auf, wie bewusst er damit umgeht, und auch dass es für ihn kein Zeichen von Schwäche ist, darüber zu reden und dazu zu stehen, dass er sagen kann: „Hey, das sind meine Baustellen und ich steh dazu." Nein, sie findet das wirklich, die Typen, die sie davor gehabt hat, waren immer so pseudostark, sie ist nie durchgekommen zum wahren Kern. Volker ist anders, er öffnet sich ihr total, eh ein Wunder, dass er das schafft. Er hat immer schwierige Beziehungen gehabt, was sicher mit seiner schwierigen Kindheit zu tun hat, die schwierigen Beziehungen, schwierig so was, er war ziemlich lang in einer schwierigen Beziehung mit einer Borderlinerin, die hat ihm das Leben zur Hölle gemacht, „Walking on Eggshells", das war anscheinend sein Alltag über Jahre, die Frau hätte ihn fast zerstört.

Dieses Gespräch, also als er das Magda erzählt hat, war total bewegend, er hat irrsinnig geweint, aber er hat es dann geschafft, sich zu trennen. Das findet sie auch so stark, weil Männer trennen sich meistens erst, wenn sie eine Neue haben, aber er hat irgendwann bewusst Stopp gesagt – sie macht jetzt mit der flachen ausgestreckten Hand ein Stopp-Zeichen vor dem Körper, ok Magda, alles klar – also er hat bewusst Stopp gesagt, sein Leben in die Hand genommen, konsequent den Kontakt mit der Ex-Freundin abgebrochen und sich auf eigene Beine gestellt. Er war jetzt auch länger Single und hat für sich beschlossen, nur mehr das zu tun, was gut für IHN ist, das haben Magda und Volker auch ausgiebig besprochen, erzählt sie jetzt, wie irrsinnig wichtig das ist, das zu tun, was für einen SELBST gut ist, das muss man auch erst einmal lernen und bewusst zulassen können, dass man sagt: „Das sind MEINE Bedürfnisse und ich handle ganz bewusst danach und NICHT nach den Bedürfnissen der anderen."

Und dann war eben die schicksalshafte Begegnung auf der Weide, es war gleich alles so intensiv und er hat auch recht bald ausgesprochen, dass es ihm ernst mit ihr ist und ob sie sich eine Beziehung vorstellen kann, das war auch so respektvoll, dass er gefragt hat. Ob Anja checkt, was Magda meint, also dass er sie nicht gleich für selbstverständlich genommen hat.

„Ja voll." Anja muss kurz nachdenken, so viele Informationen auf einmal, das Brennen im Herz kommt wieder zurück und der Gedanke, warum ihr nie so etwas passiert, weil sicher wünscht sie sich irgendwann auch wieder eine ganz normale geordnete Begegnung, aber das ist eben der Jackpot, so etwas passiert fast nie, Magda ist es ja bis jetzt auch nie passiert. „Ich freu mich so für dich." Anja nimmt Magdas Hand und sie freut sich wirklich, obwohl ihr der Früchtetee schon stark aufstößt, dennoch freut sie sich, sie kann Privates und Körperliches durchaus trennen, sie hat Magda noch nie so strahlen gesehen.



„Danke." Magda umarmt Anja, ah ja und es gibt noch Neuigkeiten: Magda wird im kommenden Semester wieder zu studieren beginnen. Soziale Arbeit, hat es sich schon länger überlegt und Volker hat sie dann total motiviert, er gibt ihr so viel. „Du bleibst in Österreich? Keine nächste Reise geplant?", wäre an dieser Stelle die naheliegende Frage, die Anja stellen könnte, macht sie aber nicht, weil Magda hört gar nicht mehr auf zu reden, ist so aufgeregt, und das Ärgste ist, das muss sie noch kurz erzählen, aber dann muss sie wieder rüber: Heute Früh sind sie noch so im Bett gekuschelt, es war wie im Traum, das Granola hat aus der

Küche ins Schlafzimmer hineingeduftet, Magda hat sich so geborgen gefühlt, dass sie ihm über seine eckige Wange gestrichen hat – also das sagt sie nicht, dass seine Wange eckig war, das stellt sich Anja mehr so vor, sie stellt sich bei Volker so eine weiße, fast durchsichtige, eckige Wange vor, wie von diesen Jesus-Holzskulpturen, die den toten Jesus in seinem Mantelschurz darstellen, Verzeihung, Lendenschurz, der Jesus trägt selbstverständlich einen Lenden- und keinen Mantelschurz, wie auch immer, also wie er schlaff in den Armen seiner Mutter liegt, so eine tote Holzwange eben – also Magda hat Volker über seine hölzerne Wange gestrichen, also über seine Wange, und ihm dabei gesagt, wie glücklich sie mit ihm ist, dass sie noch nie so happy war. Er hat zu ihr gesagt, mit so einem feierlichen Ausdruck in den Augen, dass er gleich gewusst hat, sie ist die Richtige für ihn, wie er sie auf der Weide gesehen hat. Nur deshalb hat er sie überhaupt angesprochen. Das hat Magda schon berührt, weil, das denkt man sich schnell, dass einem wer gefällt, aber dass dann wirklich so was Besonderes daraus entsteht, ist schon mega, oder? Und: Sie hat noch nie so guten Sex gehabt, Volker bringt ihr Dinge bei, bringt sie in Sphären, von denen sie nie gedacht hätte, dass die existieren. Sie lächelt wissend, Anja versucht sich Volker in Ekstase vorzustellen, schwierig, upsi, jetzt ist fast eine Stunde vergangen, Magda muss los, sie hören sich, ok?

Und kommt noch einmal kurz zurück, hier ist das aktuelle *Missy Magazin*, jetzt vergisst sie fix nicht, es Anja zu geben, da, sie hat es schon ausgelesen, das gehört für den nächsten Monat ihr, fuck, sie muss los, ciao, Bussi, sie hören sich!

Anja geht heim, heim in ihr altes Kinderzimmer, ihre Eltern sind nicht zu Hause, zum Glück, sie sind arbeiten, putzt sich im Bad mit ihrer übrig gebliebenen Kraft noch die letzte Nacht von den Zähnen, wäscht sich das Gesicht, gibt sich die Knirschschiene in den Mund hinein und kann sich endlich zudecken in ihrem Bett, über dem noch immer das Avril-Lavigne-Poster original aus den Nullerjahren hängt, das schon mit einer leichten Staubschicht bedeckt ist, da vibriert ihr Handy, Magda hat geschrieben. Nicht jetzt, Anja fallen schon fast die Augen zu, was hat sie für eine lange Nachricht geschrieben? Magda wendet sich mit einer Bitte an sie, schreibt, voll schön, dass sie reden konnten, nur eines, das hat sie vorher vergessen zu erwähnen: Anja soll beim nächsten Mal aufpassen, welche Geschichten sie vor Volker ausbreitet. Die Geschichte mit der Sauna war verstörend für ihn, dass sie so detailgetreu von dieser Gruppenschmuserei erzählt hat, das hat wie eine Orgie geklungen. Vor allem unter den pikanten Umständen, dass der eine jetzt Magdas Arbeitskollege ist, war die Geschichte – nun ja – entbehrlich. Es wäre gut, wenn

Anja das nicht mehr erwähnen würde, sie sind jetzt erwachsen und machen schließlich so etwas nicht mehr, oder? ;-) Magda möchte *Schwamm drüber* sagen und solche *Jugendsünden* nicht mehr aufwärmen. Sie und Volker kennen sich noch nicht so lang, haben aber etwas ganz Wertvolles und wollen sich etwas aufbauen ohne *Vorbelastungen,* ohne Dunkles aus der Vergangenheit, wollen ganz neu anfangen.

Wie sie vorhin im Vertrauen bereits erwähnt hat, hat es Volker nicht immer einfach gehabt (gerade mit der verrückten Ex) und ist bei manchen Themen spezieller bzw. sensibler als andere, das macht ihn auch als Mensch aus. Darum war es sehr fordernd für ihn, auch die vielen Menschen im Café Ulli, der Typ mit dem komischen Spitzhut, den sie auch gesehen haben, der dauernd hergestarrt hat, Volker hat nachher gemeint, er hat genau gesehen, dass er nicht sie, Anja, sondern sie, Magda, voll angestarrt hat, sie mit seinen Blicken richtig ausgezogen hat. Das war dann eine mehr als ungünstige Kombi mit der Story über die Sauna und auch dem Gin, den er getrunken hat, und er war nachher voll fertig, hat fast geweint und ist irrsinnig schnell mit dem Auto gefahren, aus Angst und Sorge und ja, auch Scham. Also eine Bitte: vielleicht das nächste Mal ein bisschen vorsichtiger mit solchen Geschichten sein, die Magda in ein falsches Licht rücken könnten, weil Anja weiß wohl so gut wie sie: So ist Magda nicht mehr und sie will Volker nicht unnötig verletzen. Danke für ihr Vertrauen, Bussi, sie hat sie lieb!

Anja überfliegt die Nachricht, kommt nicht ganz mit, das sind sehr viele Gedanken um eine sehr falsche Uhrzeit, sie ist versucht zu erläutern, wie die Geschichte mit dem Spitzhuttypen noch weitergegangen ist, aber das dauert ihr zu lang, ihr Ohr brummt unaufhörlich und sie sieht schon ganz verschwommen und schreibt nur: *Ok.* Und *Übrigens ich hab gekündigt,* dreht ihr Handy ab, endlich ist der nächste Tag und ein Schlaf kann beginnen.

# Das Konzert

Es könnte alles so einfach sein. Es könnte einfach um das Konzert gehen, auf das Anja heute gehen wird und das für alle ein Riesenevent ist, für die gesamte Gegend ist das Konzert ein Riesenevent, nur für sie nicht, aber sie geht hin, weil es sich ihre Oma gewünscht hat, und da kommt es ihr passend vor, der Oma diesen Wunsch zu erfüllen, damit die Menschen wieder einmal eine Freude mit ihr haben können, also mit Anja. Langsam fragen sich nämlich alle, wie es weitergehen wird mit ihr und ihrem Leben und ob sie nicht bald wieder etwas Sinnvolles beitragen will zum gemeinsamen Beisammensein. Mittlerweile sind aus den paar Wochen, die zum Übergang gedacht waren, drei Monate geworden, Wahnsinn, wie die Zeit rennt, aber sie kann diese Fragen, die ihre Zukunft betreffen, noch nicht adäquat beantworten, nicht anderen und sich selbst schon gar nicht, also muss sie noch bleiben, hier, in der elterlichen

Wohnung im obersteirischen Industriekaff, in das sie nie zurückwollte.

Und natürlich geht sie mit der Oma aufs Konzert, keine Frage, Anja mag ihre Oma, sie würde gern wieder einmal etwas mit ihr erleben, früher haben sie so viel miteinander erlebt, wie oft hat Anja bei ihr übernachtet, wenn ihre Eltern gearbeitet haben oder anderweitig verhindert waren oder einfach so, allein oder mit Magda, wie oft war die Oma mit der Familie mit auf Urlaub. Sie ist eine vertraute Person, fast vertrauter als Anjas Eltern, die Oma hat sie immer bestärkt in allem und war ihre erste Brieffreundin. *Du bist sehr mutig, dass du mit deiner Freundin die schwarze Piste hinuntergefahren bist,* hat die Oma zum Beispiel in so einen Brief geschrieben, nachdem Anja ihr eine Karte aus dem Skiurlaub mit Magda geschickt hat, sie kann sich noch genau an diesen Brief erinnern und an das Wort „mutig" darin, es war schön, dass sie jemand „mutig" genannt hat. Überhaupt war ihre Oma immer lustig, im Gegensatz zu Anjas Mutter, der ständig alles zu viel war, hat die Oma über das meiste gelacht, Anja kann sich also gut vorstellen, dass so ein Konzertbesuch mit ihr ganz unterhaltsam sein könnte. Obwohl sie auf der anderen Seite keine Lust hat, mit abertausenden älteren Damen in der regionalen Veranstaltungshalle zu Walzerklängen zu schunkeln, wenn der schöne Geiger das Land beehrt, der schöne Geiger mit der Haartolle, der die älteren Damen verzaubert und die schönsten Melodien von seinerzeit zum Besten gibt. Sie kann das eigentlich nicht brauchen, sowieso nicht und jetzt schon gar nicht, weil sie das verantwortungslos und vor allem nutzlos findet, eine Zauberwelt zu erschaffen und so zu tun, als gäbe es irgendwo ein Paradies, in dem alles gut ist, weil Anja nämlich weiß, dass das so nicht ist.

Kurz will sie wie selbstverständlich Magda schreiben: *Haha, weißt, was ich heut mach?* Es ist nur ein kurzer Moment, in dem sie das schreiben will, aber dann schwebt Volker schon wieder über ihr wie eine heilige Erscheinung, und sie weiß, dass sie Magda nicht schreiben wird, weil Magda und Anja sich schon lang nicht mehr einfach so schreiben, abgesehen davon ist jetzt auch noch alles eskaliert.



Aber was soll man machen, wir müssen von vorn anfangen, also nicht ganz von vorn, aber am Tag nach dem Faschingsfest, ab dem alles so schnell gegangen ist mit dem Anderswerden. Als Anja nach der durchzechten Nacht aufgewacht ist, hat sie sich heimlich erwartet, dass sie ein paar Anrufe in Abwesenheit von Magda haben wird oder ein paar Nachrichten, weil sie die Neuigkeit, dass Anja gekündigt hat, sicher voll geflasht haben wird. Aber als sie ihr Handy wieder aufgedreht hat, irgendwann am Nachmittag, war da nichts. Kein Anruf in Abwesenheit, keine Nachricht von irgendwem. Vielleicht hat sie keinen Empfang, aber nein, sind wir uns ehrlich, der Empfang war schon vorhanden, nur sonst nichts. Anja hat Magdas seltsame Nachricht, nachdem sie wieder bei Sinnen war, sicher noch tausendmal durchgelesen, weil, sorry, in dieser Nachricht hat es recht viel gegeben, was sie nicht ganz glauben hat können, zum Beispiel: *Schwamm drüber.* Echt jetzt? Magda hat *Schwamm drüber* geschrieben? Warum, und das hat Anja wirklich sehr stark beschäftigt, warum hat Magda plötzlich geschrieben wie eine Volkschullehrerin, die „Schwamm drüber" sagt und für jeden Scheiß Anführungszeichen verwendet, damit man sie auch wirklich gut verstehen kann, Zwinkersmileys einsetzt, als wollte sie ihre gut durchdachte und sachlich formulierte und auch wirklich angebrachte Kritik locker und spritzig formulieren, denn Anja ist wirklich zu kritisieren in ihrer unsensiblen und auch recht amoralischen Art, aber Magda ist sehr tolerant mit ihr, was soll das alles, Anja war so verwirrt von dieser Andersartigkeit dieser Nachricht, die so anders war, dass man vermuten hätte können, dass Magda eine andere geworden ist. Aber, wer weiß, hat sich Anja auf der anderen Seite durchaus selbstkritisch überlegt, vielleicht war Magda wie immer und sie verändert, vielleicht war sie nur neidisch, neidisch und missgünstig, weil sie keine Liebe in sich fühlt und ohne Arbeit ist und deswegen bösartig zu ihrer Freundin schaut, und Magda war wie immer, da hat Anja Magda angerufen, weil, warum nicht? Es war immerhin noch immer Magda, diejenige, mit der sie Rülpswettbewerbe veranstaltet hat und über mehrere Stunden die Konsistenz ihrer Scheiße besprochen hat, diese Magda, die alles über sie weiß, die sie kennt, seit sie vier war.

„Hallo? Wie gehts?“, hat Anja gefragt, „alles ok“, hat Magda geantwortet, ob Anja schon wieder ausgenüchtert ist, beide haben gelacht. Dann war länger Schweigen und Anja hat gesagt, also sie wollte nur nachfragen, ob alles ok ist. „Ja, alles ok.“ Und nach einer Pause: „Wie gesagt.“ Anja ist sich blöd vorgekommen, nein wegen Magdas Nachricht wollte sie nur nachfragen. „Wart kurz“, Volker war im Hintergrund, eh klar, „Es ist nur Anja“, hat Anja Magda dumpf mit beruhigender Stimme gehört, eine kurze Diskussion, oder war es ein normaler Wortwechsel, dann eine Tür, Magda war jetzt draußen, im Freien anscheinend, hat aber weiter so leise geredet, ah so, nein, ist überhaupt kein Stress, sie hat das nur beschäftigt mit der Saunageschichte und was das in Volker ausgelöst hat, darum hat sie sich gedacht, sie schreibt das einfach. Sie will ihn nicht zu sehr belasten mit so alten Grindgeschichten, er hat schon genug durchgemacht und macht sich ohnehin immer so viele Sorgen.

„Sorgen? Um dich?“ Anja hat gelacht, Magda ist die Letzte, um die sich jemand Sorgen machen muss, nein, nicht

UM sie, eher wegen ihr, darüber, ob sie mit ihrer Vergangenheit nicht abgeschlossen hat, ob sie bereit ist für etwas Ernsthaftes. „Welche Vergangenheit“, hat Anja gefragt, „eine Vergangenheit in der Sauna?“, und hat extra laut gelacht dabei. Aber Magda war so ernst, nein, allgemein wegen dem Herumhuren. Wegen dem Herumhuren, was soll der Scheiß schon wieder heißen, und Anja hat wieder gelacht, weil sie es gewohnt war, dass bei Magda und ihr alles irgendwie ein Witz ist, vor allem, wenn sie abwertende Wörter verwenden, die nur zwischen ihnen positiv gemeint sind. Anja soll aufhören zu lachen, sie meint es ernst, es stimmt, sie ist immer viel zu offen zu Männern,

sie hat nie Grenzen gesetzt, darum springen Männer bei ihr immer gleich an, weil sie anscheinend keinen Filter hat, nicht weil sie so super ist oder so schön, nein, das liegt einfach an ihrer Art. Das hat Volker auch gemeint, sie haben lang darüber gesprochen, ganz offen. Und sicher, irgendwie hat sie das schon immer benützt für ihr Ego, wenn sie ganz ehrlich ist, aber so will sie einfach nicht mehr sein, sie will erwachsen sein.

Was? Was redet die? Anja war verwirrt, hat schnell „Ja eh“ geantwortet, hat keine Gedanken dazu gehabt, es war schwierig, so schnell Gedanken für so viel Unerwartetes zu finden, es war sehr viel Nichts in ihr, aber wie von selbst ist dann noch aus ihr gekommen: „Und deshalb ist er so schnell mit dem Auto gefahren?" Und erst beim Aussprechen der Worte, die sie vorher so oft gelesen hat, ist ihr gekommen, dass daran irgendetwas nicht stimmt. Magda hat nichts gesagt darauf, es war alles komisch unangenehm, das alles, das Telefonat, aber Anja hat nicht aufhören können, wollte schon wissen, was damit gemeint war. „Also wie kann man sich das vorstellen?" Ist er ein schneller Autofahrer, fährt er gern einmal eher zügig, hey, sie will das gar nicht judgen, manche fahren gern schnell, was redet sie, oder ist er sich in Rage gefahren, weil er böse war, worauf war er eigentlich böse, ihre Verwirrung ist nicht gerade weniger geworden. „Ist dir eh nix passiert?"

„Nein!" Magda war genervt, so genervt, wie Anja sie noch nie erlebt hat, so genervt, als wäre Anja ihre Mutter, die fragt, ob sie wohl genug isst. „Es war nicht so schlimm, wie es klingt, ich hätte das gar nicht erzählen sollen", dann wieder längeres Schweigen, „Er macht sich eben Sorgen", und „Ich will ihn nicht belasten". Und dann wieder nichts, so lang, dass es gerade unangenehm geworden ist, und Anja schnell: „Freu mich schon voll auf die neue *Missy,* fang sie heute an."

„Ja, ist viel Gutes drin", aber dann hat Magda losmüssen.

Nach dem Telefonat war alles so unreal, so unfassbar, irgendwas war doch komisch, Magda war doch anders, aber Anja hat keine handfesten Beweise dafür gehabt. Nichts, von dem sie Magda sagen hätte können, dass es das ist, das sich verändert hat, was hätte sie sagen sollen? Dass Magda andere Wörter verwendet oder dass sie sich seltener meldet, alles war so uneindeutig und mehr so ein Gefühl und Gefühle sind selten Beweise für etwas, wie wir wissen. Vielleicht hat sich Anja hineingesteigert, das war schon immer ihr Problem, dieses Hineinsteigern, das hat ihre Mutter auch schon immer zu ihr gesagt, „Du steigerst dich in was hinein", wenn Anja etwas ungerecht gefunden hat zum Beispiel, und wer weiß, vielleicht war das jetzt wieder so, vielleicht hat sie sich in was hineingesteigert, das gar nicht wirklich war.



Sie hat entschieden, Magda noch einmal zu schreiben, wollte die Situation irgendwie besser machen, wobei sie nicht gewusst hat, was genau sie besser machen hätte können, sie hätte jetzt auch nicht gewusst, welchen Fehler sie begangen hat, aber sie wollte handeln und hat überlegt, was sie schreiben könnte, jedes Wort hat sie überlegt, geschrieben und wieder gelöscht, während sie ihrem Avocadokern frisches Wasser gegeben hat.

Anja hat nämlich neuerdings die Idee gehabt, sich für Pflanzen zu interessieren, und hat einen Avocadokern eingesetzt. Ist ja nicht so, dass sie nichts gemacht hätte, sie hat aktiv nach ihrem Weg gesucht und hat es jetzt mit Pflanzen probiert, das ist ganz natürlich, dass man so einiges probiert, wenn man etwas verloren in der Welt ist. Und vielleicht hilft ihr eine Pflanze – garteln könnte man es auch nennen, das sagen Menschen, garteln, das Garteln ist etwas Feines – und vielleicht könnte dieses Garteln auch Anja helfen, ihren Weg zu finden, das hat Anjas Mutter auch empfehlen können, der tut die Balkonarbeit nämlich auch immer gut, sie hilft ihr, sich zu fokussieren, runterzukommen.

Anja wollte das auch. Wollte für irgendetwas verantwortlich sein, während sie überlegt, wie es mit ihr selbst weitergehen könnte, und wollte später erzählen können: Das ist ihr Avocadobäumchen aus der Zeit, in der sie ihr altes Leben abgebrochen und ihr neues begonnen hat, das Bäumchen ist ihr Symbol für den Neubeginn, das wäre doch eine schöne Geschichte, Menschen mögen Geschichten mit Symbolen.

Der erste Kern ist ihr gleich verschimmelt, Anja hat ihn mit seiner wurmartigen Wurzel, die kurz zu wachsen begonnen, aber dann gleich wieder damit aufgehört hat, in den Biomüll hineinhauen müssen, und das war jetzt ihr zweiter Versuch, sie könnte ihn, wenn er eine Pflanze geworden sein wird, Magda schenken, zum Geburtstag zum Beispiel, und hat ihre Nachricht endlich fertig geschrieben, die Nachricht, in der sie ihre gute Stimmung Volker gegenüber betont und versichert hat, dass sie sich voll gefreut hat,

Volker kennenzulernen, wobei sie sich mittlerweile nicht mehr so sicher war, wenn wir uns ehrlich sind, aber sie wollte zeigen, wie sehr sie einverstanden war mit Magdas Wahl und wie wenig Magdas neue Beziehung zwischen ihnen stehen wird, sie wollte nicht, dass Magda glaubt, sie mag Volker nicht, sie war sich ja gar nicht sicher, ob sie Volker mag oder nicht, kennt ihn ja nicht, und er war eh nett an dem Abend, sie mag stille Menschen, er hat was Sanftes.

Aber sie hat eben nicht mögen, wie Magda begonnen hat zu werden, aber vielleicht hat sie auch gar nicht begonnen irgendwie zu werden, es ist schwierig, dass man nie weiß, was stimmt und was nicht. Ob jemand nett ist oder nicht, ob jemand gut für wen ist oder nicht, ob man selbst recht hat oder nicht, weil es meistens eben keine Wahrheit gibt und weil oft das eine stimmt, aber das andere auch.



Aber auf jeden Fall hat Anja Magda geschrieben, dass sie hofft, dass alles ok ist bei ihr, und wegen dem Herumhuren wollte sie nur noch sagen: Was meint sie eigentlich damit, sie hat doch ganz normal gelebt bis jetzt, und selbst wenn man dazu herumhuren sagen könnte, was wäre so schlimm daran, Herumhuren ist was Schönes, und überhaupt, wenn Magda schon herumgehurt hat, was soll Anja dann über sich sagen, haha, wurscht, also sie wollte nur sagen, wenn was ist, Magda kann jederzeit zu ihr kommen, und wenn nichts ist, freut sie sich, dass Magda glücklich ist.

Und hat die Nachricht noch sehr oft durchgelesen, so oft, dass sie den Inhalt nicht mehr verstehen hat können, und sie dann abgeschickt.

Magda hat nicht geantwortet, erst als Anja irgendwann den Gedanken aufgegeben hat, dass sie jemals wieder was von ihr hören wird, genau in dem Moment, in dem sie vor lauter Aufgeben schon gar nicht mehr an ein mögliches Eintreffen einer Antwort gedacht hat, ist gekommen: *Du Liebe!!!* Magda war überschwänglich wie immer, das war beruhigend, vielleicht war doch alles normal, was täte sie ohne Anja, hat sie geschrieben, so lieb, nein, sie ist superglücklich, sie spürt nur, dass sich gerade megaviel in ihr ändert, befasst sich mit ihren „*Schattenseiten*", oh fuck, schon wieder diese Anführungszeichen, möchte sich weiterentwickeln, wachsen, lernen in sich hineinzuspüren und nach dem zu handeln, was IHR guttut, aber sie ist glücklich wie nie zuvor, hat das Gefühl, sie kommt endlich an, *Wir reden ganz bald, ok? Ganz dickes Bussi.*

Anja war erleichtert, dass Magda doch nicht weg war, und hat das komische Gefühl, das sie gehabt hat, ignoriert, weil was soll sie machen, und vielleicht wird sie ihr das Avocadopflänzchen bringen, wenn es endlich geschafft hat zu gedeihen, wenn aus dem Kern endlich Wurzeln und Keim sprießen, es ist eine schöne Vorstellung, mit dem kleinen selbst gezogenen Ding zu Magda zu gehen, vielleicht an ihrem Geburtstag, das wäre ein besonderes Geschenk, und Magda wird merken, wie wichtig sie für Anja ist, wie wichtig ihre Freundschaft überhaupt ist, trotz Volker, und dann wird vielleicht doch alles wieder gut.

Anja hat also beschlossen, dass alles gut ist, dass alles passt, und hat auch beschlossen, sich ab jetzt weniger auf Magda und Volker und mehr auf ihr eigenes Leben zu konzentrieren, hat ihren Avocadokern gepflegt und ist spazieren gegangen und hat sich sogar einige Job-Ausschreibungen angeschaut. Und mit dem Schwinden der ganzen Anfangsaufregung ist auch das Rauschen in ihrem Ohr weniger und das Gehör mehr geworden. Aber je besser es Anja gegangen ist und je länger sie dabei zu Hause geblieben ist, desto mehr hat sich die Stimmung bei ihren Eltern verändert, sie haben begonnen, Fragen zu stellen. Wie lang sie noch bleiben will und ob sie konkrete Pläne hat. Am Anfang, als Anja nur kurz zu Besuch war, um sich auszukurieren, waren sie noch ganz aufgeregt, dass sie da war, haben ihr Aufmerksamkeit geschenkt und sie direkt angeschaut bei jedem Gespräch, sie wollten so viel über ihr Leben wissen und haben das gute Bier statt dem billigen gekauft und Semmeln statt Brot und sogar einen Gabelbissen.

Aber man hat, wenn man genau geschaut hat, und das hat Anja, sie hat ja genug Zeit gehabt in der jetzigen Situation, genau merken können, wie mit der Gewöhnung an und dem Alltäglichwerden von Anja ihre erwachsene Anwesenheit nicht mehr so recht hineingepasst hat in die elterliche Wohnung. Das gute Bier war irgendwann ausgetrunken und die Semmeln aufgegessen, außerdem haben die Eltern vergessen, dass sie zu alt dafür ist, um sie so zu behandeln wie früher, als sie noch ein Kind war. Zum Beispiel ist Anjas Mutter ungefragt in ihr Zimmer gekommen, hat nicht geklopft dabei, hat das Fenster aufgerissen und gefragt, ob sie nicht bald einmal aufstehen will, „Es ist so ein schöner Tag", und Anjas Vater hat Sätze wie „Tust du ordentlich grüßen" gesagt, wenn sie auf der Straße jemanden getroffen haben.



Alles daran war falsch, nichts daran war richtig, aber Anja hat noch nicht gehen können, sie hat noch nicht gewusst, wohin, also ist sie noch geblieben. Aber sie hat genau die Blicke ihrer Mutter sehen können, die sie so von der Seite angeschaut hat, es waren nur kurze Blicke im Vorbeigehen, die aber einiges beinhaltet haben, was nicht ausgesprochen wurde, vielleicht „Wann gedenkt sie wieder arbeiten zu gehen?" oder „Was genau ist eigentlich ihr Problem?" oder „Sie ist auch eine von den Jungen, die nix aushalten".

Anjas Mutter hat sich nämlich nicht nur einmal beschwert über die Jungen, die jungen Kolleginnen, die nicht sofort freiwillig einspringen, die zuerst darauf schauen, ob es ihnen gut geht, und erst dann, wenn überhaupt, also falls es ihnen in ihre Selfcare hineinpasst, tun, was das Team braucht, keinen Teamgeist mehr haben, die Jungen, die der Reihe nach kündigen und dann Achtsamkeitscoaches werden. „Wir haben das alles gemacht und uns nie beschwert“, hat sie immer stolz behauptet.

Und Anjas Vater hat auch einige Fragen gehabt, jetzt gar nicht an Anja im Speziellen, sondern mehr so an ihre Generation im Allgemeinen, diese Fragen hat er an einem lauen Frühlingsabend beim familiären Abendessen ohne Vorwarnung gestellt, sodass sie Anja völlig unerwartet getroffen haben. Sie hat sich gerade eine Buttermilch eingeschenkt, da wollte ihr Vater plötzlich von ihr wissen, wie das jetzt genau gemeint ist mit dieser Work-Life-Balance, die jetzt alle haben wollen und deswegen nur mehr halbtags arbeiten oder gar nicht arbeiten oder irgendwas Sinnloses arbeiten und das als Arbeit bezeichnen, womit werden die alle ihre Zukunft erbauen, die heutigen Jungen? Er, also er und Anjas Mutter, haben die hübsche Eigentumswohnung auch nur durch langen, verlässlichen Gelderwerb erlangen können, was werden die jungen Menschen in materieller Hinsicht erlangen können, wenn sie davor kein Geld erlangen, von Luft und Liebe lebt man nicht, schön wärs, ist aber nicht so, überhaupt stellt er eine generelle

Veränderung in Bezug auf Aushaltenkönnen fest, also er und seine Frau, Gattin könnte man auch sagen, Anjas Mutter, sie hat es vorhin schon erwähnt, aber er erwähnt es gern noch einmal, sie haben noch einiges ausgehalten, sind nicht wegen jedem Husten daheimgeblieben oder wegen jedem Wasweißer, wegen jeder Lappalie eben, heutzutage hat jedes Wehwehchen einen Namen. Die Menschen haben von ganz herkömmlicher Arbeit Erschöpfungszustände und Burnouts und sagen das auch noch stolz, das versteht er am wenigsten, warum sind alle so stolz darauf, dass sie nichts aushalten können? Heutzutage ist das doch so, er ist gleich fertig, jaja, er weiß, er hat das schon öfter erwähnt, aber den Gedanken möchte er noch zu Ende bringen bittschön, ob Anja noch einen Schluck Buttermilch will inzwischen, er teilt sich gern den Rest mit ihr, das Restlackerl, den letzten Rest vom Schützenfest, heutzutage ist es doch so, da brauchen alle ihre neun Stunden Schlaf und ihre Me Time und ihren Urlaub am Meer und achten auf ihren Biorhythmus.



Anja hat versucht ihren Vater zu unterbrechen und ihm zu erklären, dass niemand mehr Biorhythmus sagt, in den 90ern haben die Leute vielleicht Biorhythmus gesagt, aber nicht jetzt, ja ist doch wurscht, ist doch alles das Gleiche, dann halt ihren Schlafrhythmus, ihre Morgenroutine, müssen Journaling betreiben, Waldbaden, um ihre geleistete

Care-Arbeit zu verkraften, Care-Arbeit! Anjas Mutter und er leisten seit Jahrzehnten Care-Arbeit, niemand Geringerer als er selbst hat seine eigene Mutter gepflegt und jetzt kümmern sie sich um seine Schwiegermutter, Anjas Oma, und der Biorhythmus von Anjas Mutter, also seiner Frau, ist auch komplett durcheinander nach dreißig Jahren Nachtdienst, aber sie hat das nie Care-Arbeit genannt und mit Tränen in den Augen der ganzen Welt erzählt, nein, sie hat sich kein einziges Mal beschwert, weil sie macht ihren Job gern und war gern Mutter und leistet gern einen Dienst an der Gesellschaft, so gern wie er, Anjas Vater, er macht seinen Job auch gern und ist und war gern Vater, aber heutzutage ist es ja so, ui, ist das ein kleiner Schimmelpilz, der in der Buttermilch schon drinnen schwimmt? Macht nichts, die gehört weg und ist sicher noch gut, das ist auch so was: Steht auf einem Lebensmittel ein Haltbarkeitsdatum, wird es heutzutage eine Woche vorher weggeschmissen, wegen der Sicherheit, wegen der Gesundheit, es könnte mir schaden, mir, mir, mir, so ein kleiner Schimmelpilz hat noch niemandem geschadet, also heutzutage ist es so, wenn du dir in der Früh denkst, ah, heute habe ich keine Lust zu arbeiten, dann hat das sicher irgendeinen Namen, es hat sicher irgendeinen englischen Namen mit „Syndrom" am Ende, und es wird sicher appelliert, dieses Gefühl mit diesem Namen endlich ernst zu nehmen, früher, zu seiner Zeit, zu seiner und Anjas Mutters Zeit, da hat nicht jedes Gefühl einen Namen gehabt, demnach haben die Menschen diese Gefühle auch nicht haben können und somit nicht gehabt und demnach haben alle mehr ausgehalten, sag einmal ist den Leuten in der heutigen Zeit fad oder was? Früher war man noch so viele Entbehrungen gewohnt, ja wirklich, in seiner Jugend war es so, kleines Beispiel: Man hat gewusst, es war grad alles schlecht. Das war allgegenwärtig, dieses Wissen. Darum war man froh und dankbar, dass jetzt alles besser wird, es ist ständig alles bergauf gegangen, aber nur deshalb, weil die Menschen hart dafür gearbeitet haben! Aber diese heutige Menschheit glaubt, das geht von selbst, wenn die einmal nicht jedes Gehalt, jeden Luxus in den Arsch gesteckt kriegt, dann muss sie sich hinlegen mit einem nassen Tuch über dem Gesicht und kann keine Kinder in die Welt setzen, weil in diese grauenhafte Welt setzt sie keine Kinder, das tut sie keiner zukünftigen Existenz an, so ein Existieren in unserem Luxusland, und will dafür auch noch GESEHEN werden! Ihre Erschöpfung muss gesehen werden! Die heutige Generation redet so, wie Anjas Großelterngeneration geredet hat, die sagt, „Wir haben damals nix gehabt", darüber machen sich bis heute ja noch alle lustig, über den Satz, „Wir haben damals nix gehabt", nur der Unterschied ist, dass die Leute, die das früher gesagt haben, wirklich nichts gehabt haben, die sind im Krieg aufgewachsen, haben ihre Männer verloren, ihr Bein oder ihr Kind und deswegen ihren Verstand, aber der heutigen Generation wächst das Brot aus dem Arsch raus, aber sie meinen, es nicht fressen zu dürfen, weil sonst ihre Darmzotten gereizt werden könnten, von dem für sie zu hurtig hergestellten Brot, weil sie haben nur ein über Tage handgegärtes Brot verdient, wenn überhaupt, wenn sie überhaupt Brot verdient haben, diese viel zu einfache Kost, sie essen ja kein Brot mehr, so ein einfaches Abendbrot, wie es Anjas Vater in seiner Kindheit gern gehabt und was ihm sicher nicht geschadet hat, sonst hätte er es Anja in ihrer Kindheit sicher nicht aufgetischt und würde es heute auch nicht tun, ein gutes Marmeladebrot in der Früh, ein schmackhaftes Jausenbrot in der Jausenpause, ein knackiges Schwarzbrot als Beilage zum Mittagessen (oder ein Salzstangerl oder ein Kornspitz, wenn es was Feines sein darf), ein Brötchen als Nachmittagssnack und ein herzhaftes Pikantwurstbrot am Abend, dagegen war nie was einzuwenden, jahrzehntelang nicht, aber nein, den heutigen Jungen ist das zu rustikal, die brauchen etwas auf ihren empfindsamen Magensaft individuell Abgestimmtes und müssen kochen, wahrscheinlich können sie deshalb nur Teilzeit arbeiten, weil sie ständig kochen müssen, müssen in der Früh kochen, eine Frühstückssuppe zum Beispiel, mh, die ist so mild, oder eine Hirse, müssen zu Mittag kochen und am Abend erst recht, weil wer verträgt heute noch Rohkost am Abend, und erklären dann ihm, dass er nicht weiß, was wahre Probleme sind, weil früher hat es nicht so viele gereizte Darmzotten gegeben, also da stimmt doch was nicht, oder? Na, Entschuldigung, dass er sich jetzt aufgeregt hat, aber manchmal muss er so was einfach loswerden, mag jemand noch ein Brot? Dann holt er eines aus der Speis! Ja? Gern!

Anjas Vater ist mit einer Handvoll aufgeschnittenem Brot zurückgekommen, hat sich eine Scheibe genommen und mit Butter bestrichen, auch Anjas Mutter hat zugegriffen, hat in eine Jungzwiebel gebissen, dann in ein Brot, der Vater hat einen Schluck Buttermilch genommen, beide haben gekaut und geschluckt, gebissen und getrunken, geschlürft und geknuspert, Anja hat es nicht glauben können. Die verspeisen in aller Ruhe ihr Abendessen, als hätten sie gerade übers Wetter geredet, als hätte diese Predigt nichts mit Anja zu tun.



Sie hat in ihr Brot gebissen, einfach, damit sie was im Mund hat, damit sie nicht zu schreien anfängt, sie hat genau verstanden, warum dieser Vortrag genau jetzt kommt, dass sie mit der Menschheit von heute gemeint war, die nichts mehr aushält, und jetzt knabbern sie auch noch so selig vor sich hin und bitten mit vollem Mund um den Käseteller, greifen mit ihren fettigen Fingern nach ihm und schauen nicht einmal in ihre Richtung, kommen nicht einmal auf die Idee, dass irgendetwas daran unangenehm für sie sein könnte, aber Anja hat nichts gesagt, hat sich stattdessen die Buttermilchreste in den Hals geleert, während die Eltern unverblümt gekaut haben, wie laut kann man kauen, jedes Zermalmen des knackigen Schwarzbrots, jedes Hineinbeißen in eine Jungzwiebel hat sie in ihrer Wut trotz ramponiertem Gehör um ein Vielfaches so gut hören können, wie wenn sie neutrale Gefühle in sich gehabt hätte, und dann ist doch „Also hab ich mir meinen Gehörsturz eingebildet?" aus ihr gekommen.

Die Eltern haben recht verdutzt und in einer erstaunlichen Gleichzeitigkeit von ihrem Teller aufgeschaut und Anja verwirrt angeblickt.



„Nein, im Ernst. Hätt ich mich einfach mehr anstrengen sollen? Nur zu eurer Info: Ich hab mich angestrengt. Ich hab mich knappe zehn Jahre lang angestrengt."

„Aber Anja, dein Vater hat nur seine Beobachtungen geteilt, es geht ja nicht um dich", hat Anjas Mutter sie gleich zu beruhigen versucht, damit kein familiärer Unfriede aufkommt, und sich dabei ein Radieschen kleingeschnitten. Aber Anja hat keine Lust gehabt, sich zu beruhigen, sie war die ganze Zeit ruhig, sie war die letzten Jahre in ihrer Arbeit ruhig, hat ruhig eines nach dem anderen erledigt, das hat sie sich beigebracht, eines nach dem anderen ruhig zu erledigen und sich nicht stressen zu lassen, obwohl es immer um Leben und Tod geht, weil es immer um Leben und Tod geht, da ist so ein Stress eher unförderlich, sie war also voller Ruhe, war immer diejenige, die artig jede Aufgabe übernommen hat, selbst wenn sie zu den absurdesten Uhrzeiten angerufen worden ist, hat sie alles stehen und liegen lassen und getan, was ihr angeordnet worden ist, weil sie genau das gelernt hat, dass müde sein, frei haben wollen, wurscht, wie viele Überstunden geleistet zu haben, selbst krank zu sein kein Grund waren, nicht arbeiten zu wollen.

Anja hat immer arbeiten zu wollen, weil sie kann es, sie hat keine Kinder, sie hat keinen Partner, sie hat keine Probleme, so wenig, wie andere kein Personal haben, hat nichts, was es auch nur annähernd rechtfertigen würde zu sagen, „Geht leider nicht" oder „Ich bin müde", weil sie die Stabile ist, die Stabile mit privaten Freiheiten, was sie somit verpflichtet, sofort auf- und einzuspringen, Tag oder Nacht, feier- oder wochentags, scheißegal. „Das hast du jetzt viel zu persönlich genommen", versucht es auch ihr Vater mit der Beruhigung, lieber Versuch, „Es ist persönlich!" Anja hat ihre Buttermilch vor Empörung fast wieder zurück ins Glas gespuckt.

Nein, echt jetzt! Es ist echt toll zu wissen, das ist leider auch passiert, seit sie zu lang bei den Eltern gelebt hat, hat sie wieder angefangen, wie eine Sechzehnjährige zu reden, also wie eine Sechzehnjährige in den Nullerjahren, „echt toll“ und „super echt“, also es ist echt toll zu wissen, dass die eigenen Eltern sie für ein Weichei der heutigen Zeit halten, aber dass ihr Vater dauernervös ist, seit sie ihn kennt, und sich die Fingernagelhaut bis aufs Blut wegkratzt, darüber redet wieder einmal niemand, das ist komplett normal, weil es hat ja auch keinen Namen, so ein Fingernagelhautwegkratzen, darum existiert es auch nicht, und der Bandscheibenvorfall und das Kreuzweh der Mutter sind ein Zeichen ihrer Aufopferung und das ist was Gutes, Leid ist gut, nicht leiden zu wollen ist schlecht, Anja versteht schon, „Ihr habt mir das beigebracht!“, hat sie sich nicht mehr zurückhalten können, „Ihr habt mir beigebracht, dass man nie krank oder schwach sein darf, dass ich alles, was ich begonnen hab, durchzuziehen hab, auch wenn es noch so furchtbar ist, weil es sich so gehört und weil man immer weitermacht, sonst hat man versagt!“



Sie hat sich nicht mehr stoppen können, blöd ist das, sie hat sich so lang zurückgehalten und jetzt sind alle schlechten Gefühle gleichzeitig aus ihr herausgekommen und haben ausgerechnet die Personen getroffen, die sie geboren haben. „Du kratzt dir, seit ich dich kenn, deine Fingernagelhaut bis aufs Blut weg, das findest du normal?“ Anjas Vater hat die Hände unter den Tisch gebracht, als würde er seine Finger verstecken wollen, jetzt hat er ihr wieder leid getan, nein, sie hat keine Zeit, dass er ihr schon wieder leidtut, ständig tun ihr alle leid, verdammt, nein, sie war noch nicht fertig und hat noch einmal angesetzt: „Ich bin nie von irgendwem geschont oder vor irgendwas verschont worden –", da hat die Mutter sie mit gerunzelter Stirn und schüttelndem Kopf streng unterbrochen: „Jetzt bist du aber dramatisch", und dabei leicht auf den Teller gehaut, sodass das Besteck geklirrt hat. „Unser Job hat sehr viele schöne Seiten", hat sie außerdem gewusst, und: „Man kriegt so viel zurück."

„Es wird einem aber auch viel genommen!" Anja hat ein Radieschen zurück auf den Teller geworfen und am liebsten hätte sie ihrer Mutter direkt ins Gesicht gesagt: „Es interessiert mich einfach nicht mehr. Ich hab einfach keinen Bock mehr." So hätte sie es am liebsten formuliert, genau so, dass sie schlicht und ergreifend keinen Bock mehr hat. Aber sie hat nichts gesagt und die Mutter hat sowieso gefunden, Anja könnte langsam „runter vom Gas steigen" und sich weniger von den öffentlichen Redereien beeinflussen lassen, man muss sich nicht immer alles zerstören lassen. Die Kunst ist, seinen eigenen Weg zu finden, das ist ganz wesentlich, so eine Findung des eigenen Weges, Anja hat den Beruf wohl nicht umsonst ergriffen, er hat sie doch einmal interessiert und, hat die Mutter kritisch gefragt, warum sollte sie jetzt mit diesem Interesse aufhören, nur weil alle sagen, dass alles so schlimm und schlecht ist? Das will Anja vielleicht nicht hören, aber es ist nicht immer das System schuld!

„Du machst es schon wieder! Du sagst mir schon wieder, dass ich mich mehr anstrengen soll!"

„Sie will dich nur bestärken", hat sich jetzt ihr Vater in seiner kompetenten Art eingemischt.

„Was ist daran bestärkend? Ich soll einfach meine Einstellung ändern und wieder ins Krankenhaus gehen, nachdem ich vor ein paar Monaten mitten in der Nacht aufgewacht bin, mit keinem Gehör, dafür einem Rauschen und Pfeifen im Ohr? Und nachdem ich danach trotzdem in die Arbeit bin, ich bin so lang trotzdem in die Arbeit, bis das Rauschen im Ohr nicht gereicht hat und ich in einer Pause meinen Kantinensalat gegessen und gedacht hab, der Käse darin ist Fleisch. Und ich hab selbst dann noch gedacht, das ist nix, weil so eine Geschmacksverwirrung ja keinen offiziellen Namen hat, und erst durch meine Hausärztin bin ich überhaupt auf die Idee gekommen, dass was nicht stimmen könnte, bitte wie gestört ist das?"

Schweigen.

Es ist nicht einmal mehr gekaut worden. Anja hat Halsweh gehabt, hat sich räuspern müssen, jetzt hat sie sich doch etwas verausgabt, schade dass die kühlende Buttermilch schon aus war.

Alle haben weiter geschwiegen.

Jetzt war es ihr unangenehm.

„Das hast du uns nie erzählt, dass es so schlimm war", hat Anjas Vater gemurmelt, nachdem das Schweigen wirklich lang geworden ist, und er hat doch betroffen gewirkt, Anja hat es daran erkennen können, dass er seine Lippen ganz minimal bewegt hat, ohne dass Wörter dabei hervorgetreten sind. Auch ihre Mutter hat traurig geschaut. Könnte bitte irgendwer was sagen, etwas, was die Situation weniger unangenehm machen könnte, Anja hat nach Worten gesucht, nach den richtigen Worten, die ihre Schwäche vom eben Gesagten ausgleichen könnten, und hat schnell einen belehrenden Tonfall angestimmt, das war gut, der klingt nicht schwach, der belehrende Tonfall, und hat das Thema weg von ihren Gebrechen hin zu ihrer Entscheidung gelenkt, sich neu zu orientieren, ihre Eltern sollen ruhig sehen, dass das eine ganz bewusste Entscheidung war, mit der Anja sehr zufrieden ist, obwohl sie natürlich selbst nicht gewusst hat, ob irgendwas daran stimmt.



„Ich möchte einfach andere Wege einschlagen, meine Interessen haben sich geändert", hat sie sachlich und professionell wie bei einem Vorstellungsgespräch festgehalten. Schnell hat sie nachgesetzt, dass das komplett normal ist, kein normaler Mensch hat sein Leben lang den gleichen Job, und Anja ist noch harmlos, sie sollen sich einmal

Magda anschauen, die ist noch nie länger als ein paar Monate bei irgendwas geblieben, da ist sie eine Streberin dagegen. Ihr hat der Vergleich mit Magda gefallen, es hat sie beruhigt, wie sie zu sein, und bevor sie weiterreden hat können, hat sie ihr Vater unterbrochen: „Den Eindruck hab ich nicht bei der Magda. Die wirkt auf mich sehr angekommen. Sie hat jetzt einen Partner, hat mir ihre Mutter erzählt, soll ein netter Bursche sein, und zu studieren hat sie auch begonnen, er hat sie sehr motiviert. Es ist bewundernswert, dass sie sich auf was Neues einlasst, sie ist ja auch keine zwanzig mehr." Er hat sich eine Scheibe Käse abgeschnitten, in seinen Mund geschoben und nachgesetzt: „Schön, dass sie sich jetzt doch dafür entschieden hat, ein ordentliches Leben zu führen."



Und Anjas Mutter hat nachgesetzt: „Ja, sie ist ein tüchtiges Mädchen, die Magda." Und sie haben weiter gekaut und in aller Ruhe nach Jungzwiebeln und Käse gegriffen.

Was?

„Seids ihr deppert?", hat Anja geschrien, sie hat es nicht kontrollieren können, diese Sprache ist einfach aus ihr herausgekommen, ist aufgesprungen und aus der Küche gerannt. „Was haben wir jetzt wieder gesagt?", hat sie die Mutter gehört. „Ich werde bei der Magda Lebensunterricht nehmen, die weiß anscheinend, wie man es macht", hat Anja geschrien, während sie in alte Halbschuhe hineingestampft ist. „Aber das war wirklich nicht so gemeint", „Du nimmst das viel zu persönlich" und „Komm zurück!", hat sie noch vernommen, aber sie ist aus der Wohnung gerannt, durch das Stiegenhaus, aus einer Wohnung ist gerade ein Nachbar gekommen, privater Geruch hat sich mit dem Stiegenhausgeruch vermischt, „Abend, Anja", „Hi", ist raus aus dem Haus, auf den Waldweg, in den Wald hinein und weiter den Hügel hinauf, durch den Stacheldraht und auf die Weide, herrlich, diese Weite, Magda ist also angekommen, Anja bräuchte also auch einen Volker, ausgerechnet diesen Volker nämlich!, den angekommenen Bürger, der eifersüchtig darauf ist, dass Magda mit siebzehn wen geküsst hat, aber das ist völlig normal, er ist eben so sensibel, seine Ex-Freundin ist schuld, dass cr so zart besaitet ist, noch zarter als seine Gamben ist er besaitet, armer, zarter Saitenmann.



Anja ist stehen geblieben, völlig außer Atem, hat über die Steinbrüche und die rauchenden Fabriken gesehen, aus denen sie das ferne Donnern gehört hat, das Donnern der Arbeit, da ist ihr erst aufgefallen, dass hinter ihr eine Kuh steht. Die Kuh hat geschaut, Anja auch und ist los, weg von der Kuh, was macht die da, ok, es ist eine Weide, sie hat schon verstanden und der Kuh ihren Raum gegeben, ist schnell weg, aber die Kuh ist Anja nachspaziert, was soll das jetzt, Anja ist schneller geworden – wenn jetzt nur Volker hier wäre, bestimmt würde er die Kuh besiegen, denn Volker kann alles, Volker, der naturnahe Held, Volker, der Magda so viel Sicherheit und Stabilität gibt, durch den sie ein anderer Mensch wird, durch den sie aufhört, sie zu sein, Volker, der wutentbrannt mit dem Auto rasen muss, aus Strafe, weil Magda vor ihm auch schon gelebt hat, das ist aber auch wirklich eine Sünde, ein Leben vor einem Volker gehabt zu haben, aber nein, das sieht Anja falsch, sie erkennt die Wahrheit nicht, Volker ist Magdas Retter, die Kuh ist näher gekommen, Anja hat zu rennen begonnen, fuck, jetzt will sie auch noch eine Kuh umbringen, warum lauern überall so viele Gefahren, nirgends ist man sicher, hat den säuerlichen Kuhatem schon riechen und den wiedergekäuten Speichel spüren können, was will sie, will sie sie beißen, sie umwerfen, sie zertrampeln, was will so eine Kuh von einer, die schon wegrennt, was ist ihr Ziel? Anja ist auf den Stacheldraht zugesteuert, hat sich flach auf den Boden gelegt und es gerade noch geschafft, sich darunter durchzurollen, ist den Hang hinuntergerollt, hat nicht aufgehört zu rollen, bis sie endlich von einem astbehafteten Gestrüpp gestoppt worden ist. Sie hat sich umgedreht und die Kuh in weiter Ferne gesehen, mitten auf der Weide, wie sie Richtung Anja gestarrt hat, sich keinen Millimeter bewegt hat, als hätte sie noch nie so was Seltsames gesehen.

„Was schaustn so deppert?!", hat Anja die Kuh angeschrien. „Was ist dein Problem?!", und hat sich die Äste vom Körper gedroschen. „Was ist dein fucking scheiß Problem?!" Die Kuh ist dagestanden, als wäre sie gespannt, was diese Irre sonst noch zu bieten hat, Anja ist das langsam peinlich geworden, peinlich vor der Kuh, jaja, sie weiß, dass die Kuh das alles besser kann, Anja hat eben andere Kompetenzen als sie, hat keine Ahnung von der Natur und vom Leben und hat geschaut, dass sie schnell wegkommt, bevor die Kuh weiterglotzt, was hat die, diese Voyeurin, Anja hat noch gerufen: „Ah ja und danke für die Buttermilch!", warum weiß sie auch nicht, also warum sie das gerufen hat, irgendwie wollte sie sich mit der Kuh verbinden vielleicht und ist dann nach Hause gehumpelt.



Danach war Anja eigentlich ganz froh, als ihre Mutter sie gefragt hat, ob sie mit der Oma auf das Konzert gehen kann. Die Stimmung ist nämlich angespannt geblieben seit dem ereignisreichen Abendessen, unterschwellig angespannt, niemand hat mehr darüber gesprochen, aber alle haben die angespannte Stimmung gut spüren können. Und wenn sie mit ihrer Oma auf das Konzert gehen würde, könnte sie diese Stimmung vielleicht wieder ein wenig heben, könnte ihre Mutter entlasten, die Oma ist im letzten Jahr immer wieder gestürzt, ist schwächer geworden und hat mehr

Hilfe von Anjas Eltern gebraucht, und mit so einem Konzertbesuch könnte Anja ihrer Mutter zumindest die Last der Unternehmung nehmen und zeigen, dass sie mit Freude was beiträgt, wenn sie darum gebeten wird, und dass sie kein Schwächling ist, der sich ausrasten will und Me Time und Biorhythmus braucht und glaubt, früher war alles einfacher, nachdem sie fast von einer Kuh gefressen worden ist.

Die Oma und ihre Freundin haben sich schon seit Monaten auf das Konzert gefreut, es war gar nicht leicht, Karten zu kriegen, aber sie haben welche ergattert, so sagt man das doch, haben also Karten ergattert, Anja richtet sich fesch her für den feierlichen Anlass, „fesch", das hat ihre Oma gesagt, das gefällt Anja, sie möchte auch fesch sein für den schönen Geiger und versucht auch wirklich, sich nur auf das Konzert zu konzentrieren und nicht darauf, dass abgesehen von der Situation mit den Eltern mit Magda auch noch alles eskaliert ist.



Dabei sollte sie eigentlich an viel wichtigere Dinge denken, zum Beispiel hat sie versprochen, sich beim Günter zu melden, dem Schulfreund von ihrem Vater, der Ressortleiter bei der Bezirkszeitung ist, die suchen wen für die Online-Redaktion, „ruf ihn einfach an", hat Anjas Vater nach besagtem Abendessen gesagt, fast lieb hat Anja das wieder gefunden, wie er sich bemüht hat, sie in ihrer Veränderung zu unterstützen, „das liegt dir sicher, so eine redaktionelle Arbeit, weißt Anja, nur vorübergehend, vielleicht macht dir das einen Spaß und so kommt auch wieder eine Regelmäßigkeit in dich hinein!“, und Anja hat sich gedacht, vielleicht tut es ihr wirklich gut, wieder zu arbeiten, noch dazu so was Banales, sie stellt es sich einfach vor, in einer Redaktion zu arbeiten, da stirbt niemand dabei und man braucht keine Ausbildung dafür, das kann jeder, sofern man jemanden wie Günter kennt. Und so hat sie zugesagt, sie wird sich bei Günter melden, sie hat ja nichts zu verlieren.



Aber jetzt das Konzert, Anja macht sich wie gesagt fesch, ist aber so abgelenkt, kriegt den Geruch nicht aus der Nase, den Geruch von der Eskalation, und sieht Magdas Blick wieder vor sich und versteht nicht, wie es so weit kommen hat können, was sie anders machen hätte müssen, damit es nicht so weit gekommen wäre?

Langsam ist sie sich blöd vorgekommen, ständig hat sie Magda *Alles ok?* geschrieben, ohne dass auch nur irgendetwas zurückgekommen ist, sie hat sich selber schon gelangweilt mit ihrem ewigen *Alles ok?* und hat nicht verstanden, warum sie ständig an einen Menschen denkt, der sie nicht in ihrem Leben will, warum tut sie das, warum ist das so, warum passiert das immer wieder, dass man an Menschen, die einen am wenigsten wollen, am meisten denkt, so eine Sinnlosigkeit.

Vielleicht hätte sie sie in Ruhe lassen sollen, und nicht ständig zeigen sollen, dass sie ihre Freundin braucht und sich Sorgen macht, aber was soll sie machen, man kann seine Freundin auch nicht einfach fallen lassen, das geht ja nicht, man hilft doch, wenn man sieht, sie geratet wo hinein, oder?

Und vielleicht hätte sie auch nichts mehr getan, wenn sie nicht mit ihrer Mutter am Balkon gearbeitet hätte. Sie hat gerade geholfen, die Tomatensträucher an den Stangen festzubinden, als ihre Mutter so nebenbei erzählt hat, dass sie Magda in der Stadt getroffen hat. Das Stangenhalten war eine anstrengende Arbeit, die fadesten Arbeiten sind oft die anstrengendsten, aber Anja hat es gemacht, sie ist seit sicher einer Stunde gestanden und hat nur gehalten, während die Mutter gebunden und geknotet hat und die eine oder andere Stange wieder aus der Erde herausgerissen und an eine andere Stelle hineingesteckt hat usw.

Anja hat einen Stich gespürt, als sie das mit Magda und der Stadt gehört hat, hat kurz schlucken müssen, bevor sie gefragt hat: „Allein?“

„Nein, mit ihrem neuen Freund.“

„Hast du mit ihr geredet?“

„Kurz. Schlank war sie, die Magda. So, mir reicht es dann, das ist das letzte Mal, dass ich Paradeiser anpflanz, ich sags dir!“

Anja hat sich die beiden vorgestellt, wie sie durch die Stadt flanieren und jetzt ist auch wieder dieses Brennen in ihr Herz hineingekommen, jetzt, als ihre Mutter von Magda geredet hat, war das Stangehalten noch anstrengender, sie hat nichts mehr gewusst von Magda, weder dass sie durch die Stadt flaniert ist, noch dass sie schlank geworden ist, was auch immer das heißen mag, Mütter verwenden schnell einmal das Wort „schlank“, ohne dass das eine tiefere Bedeutung haben muss, das muss hier auch einmal bedacht werden. Ob sie Volker kennt, hat Anja gefragt. Anjas Mutter hat ihn nicht gekannt, er dürfte recht zurückgezogen leben.

„Ist dir was aufgefallen an ihm? Also ist dir was komisch vorgekommen?“

„Warum?“

„Keine Ahnung. Magda hat komische Sachen über ihn erzählt.“

„Was für komische Sachen?“

„Komische. Irgendwie so, dass er sich Sorgen macht wegen ihr.“

„Ist doch lieb, wenn er besorgt ist."

„Ja, eh …" Die Stange ist noch schwerer geworden in Anjas Arm. „Und er hat Allergien, keine Ahnung, angeblich war seine Ex-Freundin Borderlinerin und jetzt hat er ein Vertrauensproblem, irgend so was, er hat viele Dinge und hat es anscheinend moralisch verwerflich gefunden, dass ich gleich die Geschichte erzählt hab, dass Magda und ich damals in der Sauna mit mehreren Typen gleichzeitig geschmust haben."

Anjas Mutter hat Anja erwartungsvoll angeschaut, so als würde sie interessiert auf den großen Skandal warten, die große Unerhörtheit an Volker. Anja hat recht bald gemerkt, dass das Aussprechen der Seltsamkeiten nicht so reibungslos funktioniert wie das in den Gedanken der Fall ist, dass das Gefühl, das sie in sich hat, sich nicht so gut aussprechen lässt, wie es gefühlt werden kann, irgendwie hat Volker beim Aussprechen gar nicht so seltsam geklungen, sondern eher Anja, warum hat Anja Volker den Scheiß mit der Sauna erzählt, warum hat sie sich das nicht sparen können, natürlich erzählt man das keinem Fremden, normale Leute fühlen sich von Lustigem immer angegriffen, sie hätte es wissen müssen, warum hat sie das nicht gewusst und alles verhaut? Wenn sie das nie gesagt hätte, vielleicht wäre Magda dann noch Magda.

„Ich hab gar keinen Kontakt mehr zu ihr“, hat Anja die Seltsamkeit der Situation versucht zu untermauern und ihr Mund hat ihr wehgetan, weil die Mundwinkel so nach unten gezogen haben, sie hat es nicht kontrollieren können, wollte die Mundwinkel wieder raufziehen, aber es hat nicht funktioniert, sie hat nicht gewusst, dass Mundwinkel so stark sein können, was soll das, dass Arme stark sein können ok oder ein Wille, aber Mundwinkel? Außerdem ist ihre Stimme brüchig geworden und sie wollte nicht kieksen oder so was Unkontrolliertes, als wäre sie im Stimmbruch, und hat deshalb lieber nichts mehr gesagt, die Mutter hat ihre Gartenhandschuhe ausgezogen und das Werkzeug verpackt.

„Er hat dünne Lippen, das ist mir aufgefallen. Unscheinbar. Hätte mir für die Magda einen, weiß nicht, wen, wie sagt man, Stattlicheren halt vorgestellt. Von Magdas Mutter hab ich gehört, dass er Oberösterreicher ist und sich scheiden hat lassen vor ein paar Jahren, damals ist er hergezogen“, ist ihr noch eingefallen und Anja hat einen großen Schluck von dem Himbeersaft genommen, der oben schon ganz wässrig war.



Magda hat in keinem Gespräch erwähnt, dass Volker einmal verheiratet war. Sie hat von einer Ex-Freundin erzählt, aber sie hat nicht erzählt, dass Volker verheiratet war,

Anja weiß wirklich überhaupt nichts mehr, oder was ist, ist es ihr eingeschossen, was ist, wenn Magda gar nicht weiß, dass Volker geschieden ist, und wenn er ihr das verheimlicht hat, was hat er ihr dann noch verheimlicht, wenn er irgendein bizarres Doppelleben führt, Anja ist auf Social Media gegangen, das erste Mal, seit sie zurück in ihrer alten Heimat war, ist sie auf Social Media, sie hat Social Media bewusst vermieden seitdem, Digital Detox und so, aber vielleicht kann sie so was herausfinden. Sofort ist Magdas neues Profilbild aufgeschienen, das aber auch schon wieder drei Monate alt war, das Datum war der Tag nach der Faschingsparty, der Tag, an dem Anja ihren Rausch ausgeschlafen hat und nach dem sie nichts mehr von Magda gehört hat, da hat sie anscheinend ihr Profilbild geändert. Magda hat zum ersten Mal überhaupt ein neues Profilbild gehabt, sie hat davor immer das gleiche gehabt, eines, auf dem sie lachend und mit ausgestreckten Beinen von einem Fahrrad herunterlacht, es war sicher schon zehn Jahre alt, jetzt war da ein neues Bild, ein Selfie, auf dem sie und Volker mit geschlossenen Augen in die Sonne hineinlächeln, genießend und auf einem Holzstamm sitzend, wie romantisch. Mehrere hundert Likes waren darunter, Roli hat mit Gratulationen kommentiert und ihre vielen internationalen Kontakte haben sich auch gefreut, jetzt war es also offiziell, Leute haben Magda zu

Volker gratuliert, weil es ist jetzt gestanden: *Magdalena Schuh ist jetzt in einer Beziehung mit Volker Wagner.*

Anja hat schnell ein Herz dazu kommentiert, obwohl der Anblick ihr ein flaues Gefühl beschert hat, und ist auf Volkers Profil gegangen, auch dort war alles voll mit Magda, von den letzten Wochen waren es ausnahmslos Fotos mit ihr, eines von gestern, komisch, so ein aktuelles Foto von Magda zu sehen, ohne sie in echt jemals zu sehen, Anja hat Magda näher herangezoomt, es stimmt, sie hat fahl ausgeschaut im Gesicht, dunkle Ringe unter den Augen, blasses Gesicht, aber vielleicht war das nur das Foto. Oder vielleicht war sie unglücklich – obwohl, sie war frisch verliebt – nein, es war sicher nur das Foto, manchmal schaut man auf Fotos komisch aus, frühere Beiträge waren auf seinem Profil nicht zu sehen, alle Links, die er jemals gepostet hat, sind ins Leere verlaufen, nur ein altes Profilbild war noch zu sehen, aha, Volker war auch einmal sichtbar jünger, irgendwie hat Anja ihn jetzt lieb gefunden, wie er fröhlich lacht und ein gutes Sommergetränk in der Hand hält, er hat ihr leid getan, dass sie schlecht über ihn denkt und er dabei so fröhlich lacht, vielleicht meint er es nur gut, wer weiß, jeder Mensch hat Probleme, Anja sollte verständnisvoller sein, sie ist nicht die Erste, die sich deswegen ermahnen muss.

Aber es war nichts herauszufinden über ihn, auch außerhalb von Social Media nicht, Anja hat sich noch einmal das alte Profilbild angeschaut, auf sein Gesicht gezoomt, wie seine nicht vorhandenen Lippen spitz lächeln, auf seine glasblauen, fast durchsichtigen Augen, ihr ist kalt geworden bei dem Anblick, da stimmt doch was nicht, oder war das nur ihre Interpretation?

Und in dem Moment hat sie beschlossen, erneut zu Magda in den Feinkostladen zu gehen, ganz normal, ganz unverbindlich, einfach nur so, um „Hi" zu sagen, daran ist doch nichts verwerflich, oder, wird also „Hi" sagen und dann, wenn Magda auch „Hi" gesagt hat, wird sie unauffällig ansprechen, dass Magda immer mehr verschwindet, dass ihr das auffällt, so macht sie das, das ist ein guter Plan, gegen den nichts einzuwenden ist, direkt ist immer am besten, es ist gut, einen Plan und somit eine Lösung gefunden zu haben.



„Hi", hat Anja gesagt, als sie in den Feinkostladen eingetreten ist. Sie hat eine Woche gebraucht, um wirklich hinzugehen, hat sich wieder tausend Gedanken gemacht, ob Magda das recht sein könnte, und ist also nach einer Woche doch hinein in den Feinkostladen, hat so getan, als wäre es das Normalste der Welt, hat fröhlich und ganz nebenbei, leicht pfeifend, die Tür geöffnet, ist zur Theke, an der nicht Magda, sondern ihr Kollege, der Sabberer aus der Sauna, gestanden ist, und hat ganz unverbindlich gefragt, als würde sie ihr nur schnell etwas vorbeibringen wollen: „Ist die Magda da?" Ihr Mund war ganz trocken, sodass die Lippen leicht an ihren Zähnen hängen geblieben sind, hoffentlich sieht das niemand, nein, sicher nicht, das fällt einem nur selbst auf.

„Nein leider."

„Ok, weißt du, wann sie das nächste Mal wieder da ist?"

„Die Magda?" Jetzt hat sich die Chefin eingemischt, die anscheinend mitgehört hat, Anja kennt sie, sie war ein paar Klassen über ihr, arg, dass man schon Chefin von einem Feinkostladen sein kann, wenn man ein paar Klassen über ihr war, erstaunlich, so eine Zeit in ihrer Gnadenlosigkeit. „So schnell wird sie nicht wieder kommen. Sie hat gekündigt."



„Sie hat gekündigt? Macht sie wieder eine Reise?"

„Nein, aber sie will sich auf ihr Studium konzentrieren, sie hat gemeint, das wird ihr alles zu viel."

„Ok. Seit wann ist sie schon weg?"

„Seit zwei Wochen. Das weißt du gar nicht, ich hab gedacht, ihr wisst immer alles voneinander, oder ist das nicht mehr so?"

Anja ist schnell raus und hat Magda angerufen, erst als es geläutet hat, ist ihr eingefallen, dass sie seit Ewigkeiten nicht mehr ihren Kontakt gewählt hat, ihr Mund ist noch trockener geworden, aber jetzt war es zu spät, jetzt hat es schon geläutet und Magda hat auch gleich abgehoben.

„Hi."

„Hi."

Schweigen.

„Wie gehts?"

„Ok, danke, dir?"

„Gut, danke. Wollt dich grad im Feinkostladen besuchen, du hast gekündigt?"

„Ja, eh schon länger."

Magda hat mit so einer Gleichgültigkeit in der Stimme geredet, als hätte sie gerade gestern mit Anja telefoniert, als wäre so ein Telefonat überhaupt nichts Besonderes, als wäre nie was Seltsames gewesen, sie hat leise geredet, müde, als würde alles, was passiert, nebenbei passieren, als wären das alles keine interessanten Neuigkeiten, die es wert sind, erzählt zu werden, dabei war das doch alles hochinteressant.



„Warum?", hat Anja deshalb gleich weitergefragt. Magda hat durchgeatmet, ihre Antwort hat gedauert, jede Antwort, jeder Satz hat sich um eine Sekunde verzögert.

„Es war zu viel. Hab grad mit dem Studium begonnen, das ist mega fordernd, ich sags dir, alles mühsam, ich fahr ja auch hin und her."

„Was ist mühsam? Das Studium?“

„Die ganze Situation. Das viele Fahren, die vielen neuen Inputs.“

Wieder Schweigen.

„Ok. Aber ist vielleicht auch cool, so neue Inputs, oder?“

„Eh.“ Magda hat tief durchgeatmet, dann war wieder das Schweigen. Und irgendwann: „Ich hab gestern einen ziemlichen Streit mit Volker gehabt, er hat gemeint, er macht sich Sorgen, wenn ich so oft so weit mit dem Auto fahr und dass ihm das nicht so recht ist … Ich hab darauf nicht gut reagiert.“

„Worüber macht er sich Sorgen?“

„Wegen dem vielen Autofahren. Weißt eh, kennst ja auch meinen Fahrstil, ist nicht grad der beste.“ 

„Find ich jetzt nicht. Aber wie hast du leicht reagiert?“

„Ich hab überreagiert … Er wollt nur mit mir drüber reden, aber ich … wurscht. Ich bin nur froh, dass wir nicht in die Notaufnahme fahren haben müssen.“

Anja war schon wieder verwirrt. Sie hat versucht, was zu sagen, es war schwierig, das Richtige zu sagen auf so eine Erzählung, da war einiges enthalten, das es wert gewesen wäre, nachgefragt zu werden, und hat sich dann für das Naheliegendste entschieden: „Warum Notaufnahme? Hast du dich verletzt?“

„Ich bin den Volker irrsinnig angegangen – ich will gar nicht drüber reden –, hab jetzt nicht geschrien oder so, aber bin lauter geworden, total emotional, war nicht cool von mir und ist mir vorher auch noch nie passiert, aber ich war überfordert, ich weiß eh, dass das total kontraproduktiv war, dass ich nie so reagieren hätte dürfen, das hat was getriggert in ihm, und auf einmal ist er richtig zusammengesackt, Anja, er ist auf den Boden gesackt im Türrahmen und hat sich an den Kopf gegriffen. Ich hab mich überhaupt nicht ausgekannt und war gleich ruhig, bin zu ihm hin und hab gefragt, ob alles ok ist, aber er hat nur die Hände abwehrend in die Höhe gehalten und ganz tief durchgeatmet mit geschlossenen Augen, ich hab überhaupt nicht gewusst, was los ist, hab ihn aber gleich in den Arm genommen und gestreichelt und Atemübungen mit ihm gemacht, hab ‚tief ein und tief aus' gesagt und auch mitgeatmet mit ihm, das hat gut geholfen, und dann, danach, also wie alles vorbei war, hat er mir erzählt, dass das jetzt sehr fordernd für ihn war, weil er ein Aneurysma im Kopf hat, das auch platzen könnte, wenn er sich zu sehr aufregt. Anja, es war grauenhaft. Ich hab nicht gewusst, dass so was passieren kann, sonst hätte ich mich von Anfang an nicht aufgeregt. Ich bin einfach nur froh, dass nix passiert ist, ich könnte mir das nie verzeihen, ich mein, kann das wirklich so akut sein? Ich mach mir solche Vorwürfe, warum kann ich nicht ruhig bleiben, warum bin ich so hysterisch?"

Anja hat auf den Asphalt gestarrt, auf dem eine leere Coladose gelegen ist, hat mit dem Fuß die Coladose hin und her getreten, hat den Asphalt so genau gesehen, den Asphalt mit dem alten Cola und Spucke darauf, warum nennt sich Magda hysterisch, das hätte sie früher nie getan, sie hätte sich maßlos aufgeregt, wenn sich jemand, Anja zum Beispiel, selbst als hysterisch bezeichnet hätte.

„Heftig", hat Anja nach einiger Zeit gesagt. Heftig. Warum hat sie das jetzt gesagt, warum verwendet sie solche Wörter, blöd ist das oft, wenn man etwas arg findet und dann kommt nur etwas Banales aus einem heraus, ständig dieser Unterschied zwischen der Sprache und dem Gefühl, das fällt Anja nicht zum ersten Mal auf, dass da eine gewisse Diskrepanz herrscht.



„Ich vermiss dich, Anja. Wann gehen wir endlich wieder ins Café Ulli und schneiden uns mit Malibu Orange um?"

„Jederzeit. Wirklich, Magda, sag mir wann!" So schnell hat Anja gar nicht antworten können, so erleichtert war sie, dass Magda zurück war, sie hat so viele Ideen gehabt, was sie alles machen könnten, so viele Ideen, dass ihre Gedanken gar nicht hinterhergekommen sind. „Du, aber ich bin grad ganz in der Nähe von dir, soll ich vorbeikommen? Nur kurz?"

„Ich bin nicht daheim. Bin bei Volker. Ich würd irrsinnig gern, aber ich muss das von gestern verarbeiten.“

„Morgen?“

„Mal schauen. Morgen fahren wir uns einen Hof anschauen, der Volker so gefällt.“

„Er hätt gern einen Hof? Einen Bauernhof?“

Magda hat schwer eingeatmet. „Ja, nein, er will ihn nur einmal anschauen, klingt voll idyllisch, wir schauen einfach einmal hin. Wurscht. Es ist alles so viel. Ich werd jetzt die Unikurse glaub ich online machen die nächsten Tage, Volker und ich müssen wieder zueinanderfinden, das ist jetzt einmal das Wichtigste und dann schau ich weiter. Ich meld mich. Fix. Ok?“



„Ja sicher. Kann ich dir irgendwie helfen?“

„Geh mit mir ins Café Ulli. Ganz bald.“

„So helf ich dir doch gern.“

Magda hat müde gelacht, alles an ihr war müde, ihre Stimme war müde, selbst das Auflegen war müde, als hätte sie den ganzen Tag Schwerstarbeit in einer Fabrik verrichtet und müsste jetzt noch ihre sechs Kinder und ihre bettlägerige Mutter versorgen, man hätte fast vergessen können, dass sie einfach nur studiert und gerade frisch verliebt ist.

Um die regionale Veranstaltungshalle ist kilometerweit ein Gelände aufgebaut, das der besonderen Situation, die der

Besuch des international berühmten Geigers ist, Ausdruck verleihen soll. Anja ist froh, alles richtiggemacht zu haben, dass sie die Oma und ihre Freundin rechtzeitig abgeholt hat, so können sie jetzt ausgiebig im Stau stehen, die gesamte Region steht im Stau, Securitys weisen mit leuchtenden Stangen Wege, niemand hupt, alle folgen artig den Anweisungen und rollen im Schritttempo vor sich hin, winken einander entschuldigend zu und beachten das Reißverschlusssystem, eine fast heilige Stimmung, denn die Menschen wissen, dass sich das Warten gelohnt haben wird, wenn sie es endlich in die Halle geschafft haben und das außergewöhnliche Event, das so noch nie in dieser Gegend stattfinden hat dürfen, erst begonnen haben wird.



„Gehts euch gut da hinten?“, fragt Anja zur Rückbank, wo die Oma und ihre Freundin sitzen. „Jaja.“ Anjas Oma ist eine angenehme Gesellschaft, sie stellt meistens nicht zu viele Fragen, auch jetzt kommentiert sie gemeinsam mit ihrer Freundin nebenbei das Geschehen und fragt Anja, wie es ihr geht. Sie fragt es nicht aufdringlich, es klingt mehr wie eine Aussage als eine Frage, als würde sie sich keine Antwort erwarten, also erzählt Anja, dass es ihr besser geht, seit sie gekündigt und Abstand zu allem bekommen hat.

Anjas Oma bespricht mit ihrer Freundin, wie sehr sich die Umstände seit ihrer Zeit, also seit sie, die Oma, in der Krankenpflege gearbeitet hat, verändert haben, sie kriegt das sehr bei ihrer Tochter, Anjas Mutter, und eben auch bei Anja mit. Anjas Oma weiß aus eigener Erfahrung, wie allein schon körperlich der Job belastend ist, und ihr Eindruck ist, das sagt sie ehrlich, dass das schlimmer wird, diese körperliche Belastung, weil die Patienten immer älter werden, also wie ihre Tochter mittlerweile schon daherkommt, die hat ständig Kreuzweh, wie eine alte Frau kommt die daher, aber sie sagt auch nie Nein, ständig sagt sie Ja zu allem. Da findet sie es gut, dass die Jungen ein bisschen mehr auf sich schauen, so wie Anja, und entweder öfter Nein sagen oder eben Stopp, wenn es genug ist, geht nicht anders, sonst machst du dich kaputt.



„Und dicker."

„Wie bitte?"

„Dicker werden die Menschen auch immer, älter und dicker", stellt die Freundin der Oma fest und Anja kann dem nur zustimmen.

Anjas Oma findet, dass sie gut in der Zeit liegen und dass das mit dem Parkplatz auch kein Problem sein wird, wenn man das kompetente Personal hier betrachtet. Die ruhige Stimme der Oma gibt Anja ein Gefühl von Ruhe und Sicherheit und sie sagt wie von selbst: „Es ist schwer, Nein zu sagen." Und auf einmal kommen noch mehr Sätze aus ihr, obwohl sie Themen wie Berufe eigentlich lieber vermeidet heutzutage, sagt aber, dass man fast immer Ja sagen muss, weil wenn man es nicht tut und sich sonst niemand findet, der Ja sagt, weiß man, was los ist, damit kann man auch schwer leben, da kann man auch nicht seine Freizeit genießen.

Anja stoppt sich wieder, sie hat keine Lust darüber zu reden, viel zu oft hat sie schon darüber geredet. Dass Anja ein liebes Mädchen ist, findet die Oma nach einiger Zeit. Anja denkt jetzt wieder an das Abendessen mit ihren Eltern und spürt, wie ihr Gesicht rot wird, sie umklammert so fest das Lenkrad, dass ihre Knöchel ganz weiß werden, und aus ihr kommen noch weitere Sätze: „Man tragt so extreme Verantwortung, das regt mich derartig auf, wie sehr das unterschätzt wird, welche Verantwortung wir in diesem Beruf tragen, ständig hat man das Gefühl, alles hängt am seidenen Faden, und dieser seidene Faden verfolgt einen in stressigen Zeiten auch nach Hause", und setzt nach: „Ich hab mich einfach nur mehr geniert." Und weiß selbst nicht so genau, was sie damit meint, so hat sie es noch nie formuliert, aber es stimmt, sie hat sich nur mehr geniert. Dafür, dass sie immer genervter geworden ist von allem und der gesamten Menschheit, für ihre Überforderung, für ihren Gehörsturz, dafür, dass ihr Beruf, für den sie sich entschieden hat, in der Öffentlichkeit schlechtgeredet wird, dass sie ihre Wahrnehmung verloren hat und Käse nicht mehr von Fleisch unterscheiden hat können, dass sie gekündigt hat und einfach nicht mehr zurückwill und sie in Wirklichkeit nicht darüber reden will.

„Es ist gut, dass du dir eine Pause gönnst“, bestimmt die Oma, als wüsste sie, dass das Gespräch hiermit beendet gehört, und auch die Freundin findet, dass Phasen der Neuorientierung wichtig sind.

Als sie endlich in der Halle ankommen, versteht Anja, was für ein Riesenevent das Konzert nicht nur für die Oma und ihre Freundin, sondern für die ganze Region ist. Im Foyer wird der Bürgermeister stolz zum Interview gebeten, Anja nimmt ihre Oma an der Hand, nicht, dass sie sich verlieren, es sind so viele Menschen hier. Es ist schön, die alte Hand der Oma zu halten, es macht Anja stolz, diese Hand halten zu dürfen, sie weiß auch nicht recht, warum, auf jeden Fall schreitet sie stolz mit der Oma an der Hand in die Halle, auf die Tribüne hinauf zu ihren Sitzplätzen. Anja stützt sie, es fällt ihr jetzt erst auf, wie fragil sie geworden ist, die Oma, die immer so voller Kraft war.



„Man hat gute Sicht“, stellt die Freundin zufrieden fest, das findet auch Anja, sie kann gut auf die Menschen sehen, sie hat noch nie in ihrem Leben so viele alte Menschen auf einmal gesehen, überall alte Menschen, um sie herum, über ihr, unter ihr, neben ihr. Hier, von oben kann sie die vielen weißhaarigen Köpfe betrachten und die dazugehörigen Brillen, neben denen wiederum andere Köpfe sind, die gleich ausschauen, nur noch nicht mit weißen Haaren, Töchter, Enkeltöchter, sämtliche Generationen haben sich zusammengetan, um einander zum Konzert zu begleiten. Die Stimmung ist aufgeheizt, voller Vorfreude, die Oma sagt zu Anja, dass sie sich wirklich freut, dass sie mitgekommen ist. „Ich freu mich auch", antwortet Anja und hofft, dass sie auch wirklich erfreut klingt.

„Die Magda wollte nicht mitkommen?"

Sie hat sich vor dieser Frage gefürchtet, es war klar, dass diese Frage irgendwann kommen wird, Anjas Oma kennt Magda und Anja nur zusammen, Anja weiß gar nicht, wie oft Magda und sie früher bei der Oma übernachtet haben, dort haben sie in der Früh fernsehen und andere Dinge dürfen, die man daheim nicht dürfen hat, ganze Wochenenden, Ferientage haben sie zu zweit bei ihr verbracht.



Sie antwortet knapp: „Magda hat jetzt einen Freund."

„Sie hätte trotzdem mitkommen können."

„Sie ist verschwunden, seit sie den hat." Mit jeder Antwort wird Anja trotziger, es ist angenehm, so zu sprechen und nicht ständig alles ausführlich und mit Vorsicht in der Stimme zu erklären.

Ob der Mann wohl gut zu ihr ist, fragt die Oma besorgt und Anja überlegt, was sie am besten antworten könnte, und meint: „Das fragen wir uns alle."

Wobei das nicht stimmt, eigentlich fragt sich das offenbar nur sie, alle anderen finden es anscheinend völlig normal, dass sich Magda so verändert hat. Anja hat nach dem Telefonat nichts mehr von ihr gehört, und sie hat sich jetzt auch nicht mehr gemeldet, wollte sie nicht bedrängen, aber sie ist immer wieder auf Magdas Social-Media-Profil, wollte so erfahren, was es Neues gibt, ob es irgendwelche Hinweise darauf geben könnte, wo sie ist und wie es ihr geht, aber da waren keine neuen Fotos mehr, und als Anja sich noch einmal genau Magdas Profilbild angeschaut hat, hat sie festgestellt, dass Rolis Gratulationskommentar zu Magdas und Volkers Beziehungsstatus gelöscht war. Er war weg, dabei war er davor fix da, oder hat sie es sich eingebildet, nein ganz sicher nicht, sie hat es mit eigenen Augen gesehen, sie ist auf Magdas Freundesliste gegangen und hat gesehen, dass Magda mit Roli auch nicht mehr befreundet war.



Sie hat entschieden, Roli zu fragen, Scheiß drauf, sie wollte sowieso mit jemandem über Magda sprechen, wollte sich mit jemandem zusammentun, vielleicht geht es ihm auch so, dass ihm diese Entwicklung auffällt, und ist in die Bar, in der er arbeitet, hat sich ein Cola Zitron bestellt und ihn ganz direkt gefragt: „Weißt du was von der Magda?" Und hat ihm alles erzählt. Roli ist eh ein Netter, hat sich alles angehört, genickt und „Mhm“ gesagt, aber dann, dass er keine Ahnung hat, warum er nicht mehr auf Magdas Profil auftaucht, das ist wahrscheinlich Zufall, und hat Anja beruhigt, dass er sich zwischendurch auch wieder abgemeldet hat, das macht er, wenn ihn das alles nicht mehr interessiert, vielleicht ist der Kommentar dadurch gelöscht worden und er aus ihren Kontakten geflogen. Er würde sich nicht zu viel dabei denken, ist ja nur Social Media. Aber ob ihm nicht aufgefallen ist, wie Magda sich verändert hat, jetzt außerhalb vom Internet? Wäre ihm jetzt auch nicht so akut aufgefallen, die Magda zieht sich immer wieder einmal zurück, „Weißt eh, wie sie ist, wenn die einen Haberer hat, dann taucht sie ab.“



Nein, das hat Anja nicht gewusst, warum weiß sie nichts über Magdas inneres Leben und darüber, wie sie ist, „wenn sie einen Haberer hat“, warum hat Anja nie was mitbekommen von ihren wahren Gefühlen? Und wollte Roli Magdas Profil zeigen, da war es nicht mehr aufzufinden. Ihr Profil war verschwunden, Volkers war noch da und wie er da war, auf seinem Profil war alles voll mit Fotos von Magda und ihm, aber ihre eigene Seite war weg.

Sie ist nirgends mehr aufgetaucht, Magda, die bis vor Kurzem jeden Scheiß Social Media mitgeteilt hat, war jetzt weg, Anja ist alle sozialen Netzwerke durchgegangen,

Magda war überall weg, früher war alles voll mit ihren Reisefotos oder sinnlosen Videos, jetzt war da nichts mehr, als würde sie nicht mehr existieren.

„Sie ist weg, Roli, sie taucht nirgends mehr auf!" Anja hat hektisch auf ihr Handy gedrückt, wollte, dass Roli endlich versteht, dass was nicht stimmt, aber er hat sie nur besorgt angeschaut und gefragt, ob es ihr eh gut geht – ach Gott, Roli, du checkst wieder einmal nichts, Anja geht es gut, Magda ist diejenige, um die wir uns Sorgen machen müssen, warum glaubt das nie jemand, warum glauben immer alle, Anja ist die Problembehaftete, sie ist nicht diejenige, die vorher überpräsent war und dann von heute auf morgen verschwunden ist, zufällig, nachdem der allergiebeladene Mann ohne Lippen leise, aber umso penetranter in ihr Leben getreten ist. „Mir gehts gut, Roli, tu mir den Gefallen und ruf die Magda einmal an und red mit ihr. Nur das, ok? Vielleicht redet sie mit dir." Roli hat versprochen, das zu tun, hat Anja auf das Cola eingeladen, aber dann weitertun müssen, hat sie umarmt und dabei mit Ratschlag in der Stimme gemeint: „Anja, warum hast du eigentlich gekündigt? Ich mein, deine Arbeit hat dir ja Sinn gegeben, oder?"



Das Konzert sollte bald losgehen, die Stimmung ist aufgekratzt, aber Anjas Oma schüttelt den Kopf, als Anja von

Volker erzählt, und findet, „Das ist nix“, und auch ihre Freundin ist der Meinung, dass man nicht jeden nehmen sollte, dass sich eine gute Partnerauswahl auf lange Sicht bezahlt macht, das kann sie aus ihrer Lebenserfahrung und ihrer Beobachtung heraus feststellen, dass die Frauen in ihrem Umfeld, die nicht geheiratet haben, im Alter die fittesten und die zufriedensten sind. Wahrscheinlich, weil sie ihr Leben nicht geopfert haben, also besser allein bleiben, ja wirklich! Aber die Zeiten haben sich geändert, findet die Oma, Frauen müssen sich heute nicht mehr aufopfern, also kann schon auch geheiratet werden, heutzutage heiraten die Menschen aus Liebe, das ist was Schönes, „Ja“, denkt Anja laut, „hoffentlich denkt die Magda auch daran. Also, daran, dass sie ihr Leben nicht opfern muss.“



Die Oma schaut sie besorgt an und Anja will, dass sie etwas sagt, irgendetwas Omahaftes, das so schlau ist, dass nach diesem Satz das ganze Problem gelöst sein wird, aber jetzt schlägt die bedeutungsvolle Stunde, es ist 20 Uhr und die Gedanken der Oma werden unterbrochen, weil unten, mitten im Publikum, eine Menschentraube mit bereits gezücktem Handy steht, was jetzt wohl passieren mag? Aufgeregtes Gemurmel, die Menschen auf den Tribünen stehen auf, richten ihren Blick hinunter, auch Anja, auch sie will wissen, was los ist, die Uhr schlägt 20:01, Anjas Oma raunt ihrer Freundin zu: „Ist er das?“ Wo, wo? Anja will auch sehen können, ob „er“ das ist, und genau in diesem Moment erheben sich wie gleichzeitig ca. alle Handys in der gesamten Halle, was für ein Anblick, eine Halle voll Handys über Köpfen, Trommelwirbel ertönt, Jauchzen geht durch das Publikum, der Trommelwirbel geht in Marschmusik über, es ist schwierig, diese Musik zu beschreiben, Anja würde sie in ihrer unmusikalischen Art als diese eine Zirkusclown-Marschmusik bezeichnen, und da geschieht es: Der schöne Geiger schreitet im Takt durch das Publikum hindurch, klatscht fidel in die Hände und marschiert Richtung Bühne, aber er ist nicht allein, nein, hinter ihm schreitet das gesamte Orchester, es werden immer mehr,  eine Menschenschlange, die nicht aufzuhören scheint, ein Riesenorchester, bestehend aus exakt zwei Geschlechtern, nämlich Männern, die daran zu erkennen sind, dass sie einen Frack tragen, und Frauen, die daran zu erkennen sind, dass sie ausschauen, als wären sie allen Disney-Filmen, die es je gegeben hat, entsprungen, sie tragen riesige Ballkleider in den unterschiedlichsten Farben. Dass es so viele Farben gibt, erstaunlich, sie wippen im Takt mit ihren Instrumenten, winken rhythmisch mit Geigen, Flöten und Fagotten, während sie ebenso taktvoll schreiten, auch das Publikum klatscht im Takt, da fällt Anja erst auf, dass sie auch im Takt klatscht, was soll das, sie hat noch nie im Takt geklatscht und wird sicher auch heute nicht im Takt klatschen, erst recht nicht, wenn es alle tun, nein, sie macht bei so was nicht mit, sie ist keine, die tut, was eine Masse tut, aber sie kann es nicht kontrollieren, ihre Hände klatschen weiter und sie spürt, wie ihre Mundwinkel nach oben ziehen, auch ihre Mundwinkel kann sie nicht kontrollieren, aufhören, das ist peinlich, sie schaut sich um, alle klatschen und lachen, sie hat ihre Oma noch nie so strahlen gesehen, es ist so ein pures Strahlen, das direkt aus dem Herzen heraustritt, ein Strahlen, das man gar nicht bemerkt, wenn man es selbst in sich hat. Anja muss die vielen fröhlichen Menschen betrachten, weil sie so lieb sind in ihrer aus ihrem Herzen heraustretenden Fröhlichkeit, der Geiger schüttelt die Hände, die sich ihm entgegenstrecken, jetzt ist er auf der Bühne angekommen und die vielen Männer im Frack und die vielen Frauen in ihren ballonartigen Kleidern nehmen ihre Plätze ein, besetzen ihre Glasstühle hinter den verschnörkelten Goldnotenständern, sie spielen weiter und nicken einander, einer Choreografie ähnlich, im Takt zu und lachen dabei, auch der Geiger lacht heiter, Anja freut sich für ihn, dass auch er Spaß haben darf, obwohl er hier gerade eine Arbeit verrichtet, sie hat noch nie so viele Menschen gesehen, die gleichzeitig so viel Spaß haben.



Die Einmarschmusik ist vorbei, lauter Jubel bricht aus und der Geiger ruft: „Hallo Steiermark!“ Tosender Applaus und erregte Worte aus dem Publikum: „Er kann so gut

Deutsch!“ Das war klar, Anja fragt sich, was Magda jetzt sagen würde, welcher Witz ihnen gemeinsam einfallen würde zu dieser Situation, ein Witz, der dann in den nächsten Jahren ihr Insider wäre, und sie fragt sich, ob Magda überhaupt noch lachen kann.

Nach dem Gespräch, das Anja mit Roli in der Bar geführt hat, hat Magda plötzlich angerufen, in aller Früh, hat Anja aus dem Schlaf gerissen, aber sie hat sofort abgehoben, als sie gesehen hat, dass es Magda ist, warum ruft sie auf einmal an, noch dazu so früh, hoffentlich ist nichts passiert, oder Roli hat mit ihr gesprochen, wer weiß, vielleicht hat das was gebracht, Anja hat sich geräuspert, ihre



Haare gerichtet, sich stramm aufgesetzt, so getan, als wäre sie schon längst auf, und ganz selbstverständlich gesagt: „Hallo?“

„Hallo?“ Die Verbindung war schlecht, Anja hat Magda nur in abgebrochenen Sätzen gehört, sie hat wieder mit dieser Gleichgültigkeit in der Stimme gesprochen, als wäre nie etwas gewesen, und diese Müdigkeit war auch schon wieder vorhanden. „Magda, wie gehts dir?“, hat Anja gefragt. Sie hat nicht wirklich reagiert, sorry, sie ist irrsinnig ausgelaugt im Moment und auch erschöpft, sie siedeln gerade, haben sich einen Hof gekauft. „Was? Wer? Du und Volker? Wo? Den Hof, den ihr euch angeschaut habt?“ Ja, voll verrückt, Magda kann es selbst nicht glauben, aber es ist superschön da oben, ein alter Bergbauernhof, eine richtige Ruine, sie wollen ihn ausbauen, Volker hat so geträumt von seinem eigenen Hof, davon, ein altes Gehöft neu aufzubauen, so einen Hof, in dem man die Geschichte noch sehen kann, aber es in moderner Art gemütlich hat, und jetzt gemeinsam können sie den Traum endlich leben, es ist so berührend zu sehen, wie er aufblüht, wenn er sich ausmalt, wo was hinkommt, sie merkt jetzt schon, wie viel besser es ihm geht, dabei wohnen sie noch gar nicht da, und sie streiten auch gar nicht mehr. Aber im Moment ist noch ein Schimmelbefall, von irgendwo tropft es nämlich herunter, die Fenster müssen neu gerichtet und eine Heizung eingebaut werden, man glaubt es gar nicht, es ist ordentlich frisch da oben, obwohl man nur zwanzig Minuten die kurvenreiche Straße hinauffahren muss.

„Klingt schön", hat Anja gesagt und sich gedacht, „zwanzig Minuten mit dem Auto, das ist ja am Arsch der Welt", und wollte fragen, woher die beiden wissen, wie man einen schimmligen Bauernhof restauriert, hat aber stattdessen noch einmal „echt schön" gesagt, sie hat genau aufgepasst, was und wie viel sie sagt, sie wollte Magda nicht wieder vertreiben. „Ja, es ist ein Traum", hat Magda mit müder Stimme bestätigt, aber extremst, extremst mühsam.

„Ok. Hab gar nicht gewusst, dass du von einem Bergleben geträumt hast."

„Was?" Magda hat Anja nicht verstehen können, es ist kein Empfang, fuck, haha, das hätten sie sich überlegen können, bevor sie den Hof gekauft haben, na ja, kann sie halt nur telefonieren, wenn sie in die Stadt kommt, hallo, Anja, hörst du Magda? Jaja! Ah, ok, also sie wollte eigentlich nur kurz anrufen, weil sie das berichten wollte und wegen dem *Missy Magazine*. „Jaaa!!" Anja hat sich gefreut, dass sie wegen der *Missy* anruft, die *Missy* war ihr Ding, das Ding von Magda und Anja, schon seit Jahren, daraus haben sie ihre gesamte Bildung bezogen, Anja wollte sich schon lang melden, ob sie die aktuelle wieder ausborgen darf. Sicher, aber es geht um was anderes: Also, ob Anja das Abo für sie kündigen kann, Magda liest sie in letzter Zeit sowieso nicht mehr, sie hat überhaupt keine Zeit, das Abo belastet sie nur. Da war wieder das Brennen in Anja, aber sie wollte gut reagieren, wollte nicht zu viele Gefühle herzeigen, das hätte nicht gepasst, sie hat nur vorsichtig gefragt, dass, also sie hat ihr das *Missy*-Abo zum Geburtstag geschenkt, ob sie es nicht wenigstens auslaufen lassen will, weil Magda liebt das *Missy Magazine*, seit Jahren, das weiß Anja, sonst hätte sie es ihr nicht geschenkt, warum belastet es sie jetzt auf einmal?



„Nicht auf einmal!", hat Magda streng eingewandt, da war wieder dieser genervte Tonfall, nein, belasten wäre zu viel gesagt, es ist einfach alles so viel, generell jetzt, sie hat wieder tief eingeatmet, es sagt ihr einfach nicht mehr so zu, es entspricht nicht mehr ihren Werten, sie hat gedacht, sie kann Anja das ehrlich sagen, als beste Freundin, aber wenn das ein Problem ist, dann eben nicht.

„Nein, passt. Ich bestells ab."

„Danke! Und bitte wirklich, gell, das wär superwichtig!"

„Alles klar."

„Du bist die Beste."

„Wann sehen wir uns wieder?", hat Anja noch gefragt, aber da war der Empfang weg.

Der berühmte Geiger springt jetzt auf und ab, der über siebzigjährige Mann springt seit über drei Minuten zu *I will survive* in die Luft, Anja ist beeindruckt, er wippt seine Arme von links nach rechts, dass ihm seine Geige gar nicht aus der Hand fällt, so wild, wie der springt und wippt, aber sie macht sich keine Sorgen, sie vertraut ihm, er wirkt so kompetent, er springt so wild, als würde er alle über Siebzig- und Achtzigjährigen im Publikum dazu animieren wollen, es ihm gleichzutun, was ihm durchaus gelingt, während die Sängerin, die extra für das Lied auf die Bühne gekommen ist, in ihrem übertrieben roten Kleid mit inbrünstiger Stimme singt, dass sie surviven wird, nehmen die im Verhältnis eher jüngeren Leute ihre mitgebrachte ältere Begleitung an der Hand, helfen ihr beim Aufstehen und wippen im Takt mit, ungeahnte Kräfte tun sich auf, Anjas Oma und ihre Freundin nehmen sich an den Händen und machen ebenso rhythmische Bewegungen, lachen ausgelassen, da lösen sich Riesenluftballons von der Hallendecke, es regnet Luftballons, super, genau das hat Anja jetzt noch gefehlt, wirklich exakt das, dass es Luftballons regnet. Lautes Gelächter entsteht, als Menschen einander die Ballons zuwerfen, die Menschen nehmen miteinander Kontakt auf, stupsen zärtlich auf die großen Ballons, es macht ihnen große Freude offensichtlich, da fliegt Anja einer ins Gesicht, Oida, verschwind, spielt ihr mit denen, Anja möchte das nicht, sie möchte nicht Teil der Gruppe sein, möchte weder im Takt klatschen, wenn es jemand vormacht, noch möchte sie mit Ballons spielen, die auf einmal durch die Gegend fliegen, sie tippt den Ballon fest an, er soll möglichst weit weg von ihr, vielen Dank für das Angebot, aber nein danke, da landet er bei einer jungen Frau, die sich lachend zu Anja umdreht, es ist eine von der Mami-Brunch-Runde, sie deutet ihr „Ah, du auch hier", fuck, jetzt ist Anja doch eine von ihnen geworden, nicht nur Teil des Konzerts, sondern auch Teil der Brunch-Runde, erstaunlich, wie schnell zwei Dinge, die man nie wollte, nacheinander passieren können, es ist ihr peinlich, eine von ihnen sein zu müssen, sie will in keinem Fall eine von ihnen sein, sie sollen ruhig wissen, dass sie sich für vollkommen anders hält, die Brunch-Mami wirft ihr den Luftballon zurück, sie drischt wieder drauf, sie will das Zeug nicht in ihrer Hand, die Mami lacht fröhlich und wirft ihn zurück zu Anja, ach so, das ist ein Spiel, das geht jetzt hin und her, sind sie also ein Duo, Friends, also das geht jetzt wirklich zu weit, es war eine Zeitlang lustig, aber jetzt kann der Spaß auch wieder ein Ende haben. Aber die Oma streicht Anja liebevoll über den Arm und lacht ihr zu und auch die Freundin der Oma freut sich über Anjas Ballspaß, ok, dann freut sie sich eben doch ausführlich und wirft den Ball wieder der frohen Mami zu, was tut man nicht alles für die Freude anderer, sie hat zum Beispiel auch gleich das *Missy Magazine* gekündigt, nachdem Magda sie darum gebeten hat, hat das für Magda getan, obwohl sie, also Anja, das sehr traurig gemacht hat, es war das Ende einer Ära, es war das Ende, und trotzdem hat sie es gekündigt, weil sie Magda nicht noch mehr verlieren wollte, als sie es ohnehin schon hat.



Aber warum wollte Magda die *Missy* nicht mehr lesen? Wahrscheinlich hat Volker ihr einen Terror gemacht deswegen, hat vielleicht eine nackte Brust darin gesehen und eine Gefahr in ihr erkannt, er hat eine Gefahr überall erkannt, in Magdas Autofahren, in Anjas und Magdas Freundschaft, in Magdas Lektüre, in Magdas eigener Wohnung, in Magdas Job, in Magdas Social-Media-Präsenz, in Magdas eigener Geschichte, in allem, es war keine Einbildung, es war er, der alles blockiert, er, der von Magdas eigenem Leben lebensbedrohliche Krankheiten gekriegt hat, hätte Anja Magda das vor einem Jahr erzählt, dass sie mit so einem Typen auf eine Bergbauernhofruine zieht, dann hätte Magda sie ausgelacht, Magda, die immer Selbstständigkeit gepredigt hat, hätte jeden Menschen ausgelacht, der so etwas macht und der sich von jemand anderem so verändern lässt.

Anja hat aber wie gesagt das *Missy Magazine* abbestellt, weil was hätte sie machen sollen, hätte sie sagen sollen, „Nein, Magda, das liest du jetzt weiter. Als emanzipierte Frau hast du das feministische Magazin weiterzulesen, ich weiß, was gut für dich ist." Nein, das geht nicht, man kann nicht für andere Menschen die richtigen Entscheidungen treffen, auch wenn nachher alle gefragt haben werden, warum damals niemand was getan hat. Also hat Anja die *Missy* gekündigt. Wortlos und ohne noch einmal nachzufragen.

Und irgendwann hat Anja Magda plötzlich getroffen. Das erste Mal seit dem Tag nach dem Faschingsfest, im örtlichen Shoppingcenter. Zufällig und mit lauter Raumerfrischern in der Hand, Anja hat für die Mutter Raumerfrischer gekauft nämlich, die möglichst unaufdringlichen bitte, da ist Magda in sie hineingerannt quasi. Sie war bepackt mit Säcken und Körben voll Lebensmitteln, Anja hätte sie im Vorbeigehen gar nicht erkannt, weil sie nicht ausgeschaut hat wie Magda, also so, wie Magda war, als sie noch Anja und Magda waren, sie war fahl und dünn, man hat ihrem Gesicht angesehen, dass es einmal ihr gehört hat, dass es einmal kräftig war, dass einmal rote Backen da waren, die jetzt aber nicht mehr da waren, die roten Backen nicht und die Kraft auch nicht, Magda hat ausgeschaut, als wäre die echte Magda einmal drin gewesen und aus ihr herausgesaugt worden, als wäre ihre ganze Kraft entwichen, als wäre nur eine Magdahülle von der echten Version übrig geblieben.

„Anja!" Magda ist sofort auf sie zu, hat sie angelächelt, müde und irgendwie erleichtert ist ihr vorgekommen, wobei, wer weiß, Anja hat ja echt nicht mehr gewusst, was sie sich einbildet und was nicht. Sie war relativ verwirrt von Magdas Freundlichkeit, sie war so kontaktfreudig, hat Anja so viele Fragen gestellt und mehrmals Sätze gesagt wie „Mah, so schön, dass wir uns sehen!"



Jetzt also doch? Jetzt war es doch schön, Anja zu sehen? Sie hat eine Gleichgültigkeit in sich gespürt, war gar nicht mehr so froh über Magdas plötzliches Erscheinen, das sie sich so lang gewünscht hat, das kann wohl jeder verstehen, warum soll sie jetzt auf einmal wieder Magdas beste Freundin sein und was soll sie auf Fragen wie „Warum hören wir uns nie?" antworten? Jetzt war es Anja, die sich zurückgehalten hat, sie hat auch keine Lust gehabt, von sich zu erzählen, von sich und ihrem Innenleben, davon dass sie es mittlerweile geschafft hat, dass aus dem Avocadokern ein kleiner Stängel sprießt und ihr Ohr nicht mehr pfeift und dass sie sonst aber keine Ahnung hat, wie ihr Leben weitergehen wird, wollte nichts mehr geben, wenn sie nichts kriegt, und ist dann doch mit Magda ins Café Ulli.

Es war Magdas Idee und sie hat nicht Nein sagen können, wenn sie Magda schon zufällig trifft und sie ausnahmsweise mit ihr reden will. Magdas Bewegungen waren so anders, ist Anja vorgekommen, vorsichtig und fragil, da war auch kein Spaß mehr in ihrem Gesicht, Magda hat immer einen Spaß in ihrem Gesicht gehabt, Mundwinkel, die ausgeschaut haben, als würden sie gleich anfangen zu lachen, wie ein lustiger Kobold, der irgendwas im Schilde führt, aber das war alles nicht mehr vorhanden. Auch ihr Eigengeruch war ganz anders, so fremd, ihre Kleidung hat irgendwie alt gerochen, nach altem Kartoffelkeller, immer wieder ist so eine Kartoffelkellerfahne zu Anja geströmt und hat eine Ausstrahlung von Verderben gehabt.

Silke ist gekommen, um die Bestellung aufzunehmen, ganz selbstverständlich hat sie „Zwei Malibu Orange?“ gefragt und gelacht. Anja hat die Entscheidung Magda überlassen, sie hätte schon einen bestellt, aber sie wollte nicht aufdringlich sein, aber wer weiß, wenn Magda schon ins

Café Ulli gehen will, will sie vielleicht auch einen Malibu Orange mit Anja trinken, immerhin hat sie sogar in den letzten Monaten gemeint, dass sie das vermisst, Malibu Orange mit Anja im Café Ulli, also vielleicht, es wäre schön, und wenn sie was trinken, vielleicht reden sie dann auch wieder so wie früher. Magda hat müde gelacht, als ob das ein guter Witz wäre, und nach einem Malventee gefragt, sie braucht was, was ihrem Magen guttut, und hat mit der flachen Hand kreisende Bewegungen auf dem Oberbauch gemacht und dabei die Augen geschlossen und tief ein- und ausgeatmet.

„Wo bist du immer?", ist dann doch aus Anja hervorgetreten, als Magda weiterhin so fremd war, und hat es gleich wieder bereut, in ihrer Stärke nachgelassen zu haben, ihre Traurigkeit und ihr Wollen so gezeigt zu haben, macht ja nichts Anja, ist auch wirklich eine berechtigte Frage, also Magda, wo bist du immer?



„Du Liebe!" Magda hat Anja am Arm genommen, ihre Hände waren so dünn, fast faltig, und voller Erde an den Fingernagelrändern, sie hat geseufzt, sie ist so eine scheiß Freundin, sie weiß das, aber die letzten Monate waren megaheftig, es hat sich so viel getan in ihr, so viel verändert, sie versucht im Moment aktiv dem nachzuspüren, was IHR guttut. Sie hat sich bei dieser Aussage mit großem Bewusstsein an ihr Herz gegriffen, hat anscheinend auch jetzt, in dieser Situation aktiv in sich hineingespürt, toll Magda, weiter so, spüre nur aktiv! Ja, das ist auch was, was sie von Volker gelernt hat, dem nachzugehen, was man selbst braucht.

„Ok. Und was tut dir gut?" Anja hat nicht gewusst, was sie sonst fragen hätte können, Magda hat außerdem nicht gerade so ausgeschaut, als wäre sie in der Blüte ihres Lebens angelangt.

Magda hat überlegt und dann gesagt: „Es tut mir gut, mit Volker zu sein. Einfach zu sein. Mit ihm. Mit ihm was aufzubauen." Oida, Magda, bist du gebrainwashed, oder was, kannst du was anderes auch noch sagen?



„Und abgesehen von Volker – was passiert sonst noch so bei dir?" Anja hat nicht aufgegeben, ist aber selbst schon ganz schwach geworden bei diesem sinnlosen Gespräch, war es nicht möglich, dass dieser Volker einmal nicht anwesend ist, zumindest wenn er nicht da ist, ist das möglich? Und Magda hat begonnen zu erzählen, dass sie und Volker sich Tiere wünschen und Biogemüse anbauen wollen, ständig ist das Wort „wir" gefallen, kein einziges Mal das Wort „ich", und als das Wort „ich" endlich gefallen ist, hat Magda so nebenbei erzählt, dass sie ihr Studium wieder abgebrochen hat.

„Was?!" Anja hat aufpassen müssen, dass sie nicht zu laut schreit. „Was? Warum? Du hast doch erst angefangen!"

„Wegen dem Hof, dafür brauch ich jetzt meine ganze Kraft, außerdem ist das viel gesünder für die Beziehung, wir sind jetzt wieder total harmonisch, Volker hat mich irgendwann schon gefragt, wie ernst ich die Beziehung nehm, wenn ich dauernd nur wegfahr." Woher sie weiß, wie man einen Hof führt, wie man Biogemüse anbaut, wie stellt sie sich das vor, Anja ist inhaltlich nicht mehr mitgekommen, Magda baut Biogemüse an? Magda, die Fertigsalat aus dem Plastiksackerl kauft, wenn sie überhaupt Salat isst, bitte was?

„Das kann man alles lernen und Volker kennt sich schon aus." Ja, sicher, Volker mit seinen umfassenden Kompetenzen, Anja kriegt auch gleich Lust, von ihm zu lernen, und Magda hat gleich weitererzählt, das Studium war gar nichts für sie, die Leute waren total komisch, die haben so langsam geredet und geglaubt, sie wissen alles besser, „Lauter Klugscheißer-Asso-Zecken" hat Volker sie genannt, und als Magda das gesagt hat, hat sie auf einmal gelacht, als wäre das der Witz des Tages.

„Aber hast du nicht wegen dem Studium aufgehört, im Feinkostladen zu arbeiten? Und womit verdienst du dann dein Geld und siehst du überhaupt noch irgendwen außer Volker?" Magda hat tief durchgeatmet und auf den Tisch geschaut, ihr wird das jetzt alles wieder zu viel, sie kann nicht alles gleichzeitig machen, ok? Sie muss irgendwie

Prioritäten setzen, sie kann nicht allen alles recht machen, es gibt zudem superschöne Neuigkeiten, das wollte sie Anja eigentlich die ganze Zeit erzählen und zeigt auf ihrem Handy ein Ultraschallbild. „Wow, das sind ja Zwillinge!" Anja hat wie automatisch geantwortet, es war ein seltsames Gefühl, das sich in ihr befunden hat, als wäre sie gar nicht überrascht von der Neuigkeit, weil langsam hat sie gar nichts mehr überrascht und gleichzeitig ist ihr schlecht, fast schwarz vor den Augen geworden, das wird ja immer schlimmer. Sie war berührt und schockiert, das waren schon wieder sehr viele Informationen auf einmal und sie hat gewusst, jetzt ist der Moment, in dem sie gut in sich hinein-

spüren muss. Sie muss jetzt gut entscheiden, wie sie damit umgeht, und hat, so wie sie es bei Magda gesehen hat, die Augen geschlossen und tief ein- und ausgeatmet, die Augen wieder geöffnet, aktiv nachgespürt, naja, hat so mäßig was gebracht, und entschieden, weiterhin berührt zu sein und sonst nichts, weil wow, also so was.

Ok. Vielleicht war Anja wirklich unfair, vielleicht passt Magdas Leben eh so für sie, sie wird wohl wissen, was sie tut, sie ist ja nicht völlig auf der Nudelsuppe dahergeschwommen, und überhaupt, nur weil sie sich verändert hat, heißt das nicht, dass es schlecht ist, und nur weil es ein Leben ist, von dem sich niemand gedacht hätte, dass gerade Magda es irgendwann führen würde, kann sie es trotzdem wollen,

Menschen verändern sich eben, das kann für andere vielleicht befremdlich sein, aber der Person selbst äußerst guttun, Anja akzeptiert das, sie akzeptiert auch, dass Magda Wörter wie „hineinspüren“ und „guttun“ verwendet, wirklich, zumindest deutet Magda mit den Fingern keine Anführungszeichen an, wenn sie diese Wörter ausspricht, immerhin etwas, und hey: Selbst wenn, Anja hätte das beim besten Willen nicht zu beurteilen und sie hat Magda umarmt und ihr gratuliert und dabei den Kartoffelkellergeruch eingeatmet.

Auf einmal hat Magdas Körper gewackelt, Anja hat zuerst noch gedacht, sie stößt auf, und es hat ein wenig gedauert, bis sie kapiert hat, dass Magda weint. Sie hat immer lauter geweint und irgendwas in Anjas Schulter genuschelt, ist dann heraus aus der Schulter, was Anja gar nicht so gestört hat, so ein Kopf kann ganz schön schwer werden, wenn er sich einmal entspannt hat, und so ein Kartoffelkellergeruch ist auch nicht unverwirrend, Magda hat sich die Hände vor das Gesicht gehalten, sie lebt in einem Albtraum, hat sie geschluchzt, so hat sie sich ihr Leben nicht vorgestellt, warum ist alles so kompliziert, früher hat sie immer gedacht, mit dreißig ist sie fertig, da sind dann die Probleme vorbei und das ganz normale erwachsene Leben beginnt, in dem alles eine Ordnung hat, aber es hört nicht auf, es hört einfach nicht auf, nichts hört auf, alles wird immer mehr, immer lauter hat sie geweint, Rotz ist ihr aus der Nase geronnen, hat ihn in den Pullover geschmiert, mit den dünnen Fingern, warum passiert ihr das immer, warum hat sie so versagt, hat sie Anja fast angeschrien, warum ist bei ihr alles, was am Anfang Liebe ist, irgendwann ein Albtraum, warum hat sie das schon wieder übersehen, verdammte Scheiße, in welcher Hölle ist sie gefangen? Sie hat sich in Anjas Ärmel gekrallt und Anja ist langsam gar nicht mehr mitgekommen, jetzt hat sie sich gerade darauf eingestellt, dass alles passt und Magda glücklich ist, und dann so was, sie hat nicht gewusst, dass Magda findet, sie hat versagt, und dass am Ende immer alles ein Albtraum ist, wann ist immer, wann war ihr Leben noch ein Albtraum, Anja hat keine Ahnung, warum hat sie ihre Freundin, schon lang bevor sie sie nicht mehr gekannt hat, nicht gekannt?



Und Anja wird das sicher nie jemandem erzählen, weil natürlich freut sich niemand, wenn es jemandem schlecht geht, aber in dem Fall, also sie war erleichtert, sie war fast froh, dass sie sich das alles nicht eingebildet hat, dass sie recht gehabt hat mit ihrem Gefühl, das sie von Anfang an gehabt hat, seit sie Volker kennengelernt hat, sie war, sorry, glücklich, fast euphorisch, dass sie nicht komplett irre war, dass irgendetwas von dem, was sie sich in den letzten drei Monaten gedacht hat, doch stimmt, und dass sich Magda ihr, genau ihr, Anja, in genau diesem Moment anvertraut hat.

Es war schön. Und Anja hat Magdas Arm gestreichelt und mit ganz leiser Stimme gesagt, nein, sie hat nicht versagt, also Magda, sie hat nicht versagt, sie ist die Stärkste, die sie kennt, und sie kommt da raus, Anja ist immer da für sie, versprochen, gemeinsam schaffen sie das, und dann haben sie nicht mehr geredet, sondern sich an den Händen gehalten und Anja war froh, dass ihre Magda wieder zurück war.

Vieles, mit dem man nicht gerechnet hätte, kann auf so einem Konzert passieren. Nachdem die Ballons endlich an Aufmerksamkeit verloren haben, weil ein vierjähriges Kind auf der Bühne eine Opernarie gesungen hat, hat ein Gospelchor, der laut dem Geiger recht berühmt ist und extra nach Europa und hier in diese Halle eingeflogen worden ist, die Bühne betreten, zu dem Gospelchor-Lied hat es geschneit, Anja hat dieser Logik nicht ganz folgen können und die eine oder andere ältere Dame im Saal musste sich einige Schneeflocken aus dem Mund wischen, aber Spaß muss sein, warum soll es nicht einmal im Mai in einer Halle schneien? Also zuerst war das Kind, dann der Gospelchor, dann haben Menschen mit Behinderung für ein paar Lieder das Orchester ergänzt, und überhaupt, überhaupt fällt

Anja jetzt auf, wo sie über die Leinwand das Orchester genauer beobachtet, dass die Rollenaufteilung in diesem Orchester doch nicht so eindeutig ist, bei näherer Betrachtung ist festzustellen, dass die Personen darin sehr unterschiedlich sind, viele Frauen an Blechblasinstrumenten und Pauken zum Beispiel, ein nicht so üblicher Anblick, alte Menschen, junge Menschen, dicke, dünne, unterschiedlich aussehende Personen sind Teil des Orchesters, Anja fühlt sich beschwingt, seit sie wieder da ist, hat sie nicht so viele unterschiedliche Menschen erlebt wie an diesem Abend, auf dieser Bühne heißen sicher nicht alle Günter und Silke, was für eine Herrlichkeit, danke, lieber siebzigjähriger Mann mit Geige und Schlager, der Geiger ruft irgendwas von Gemeinschaft, alle klatschen gemeinsam und Anja darf auch dazugehören.



Dann wird es still im Saal, ein Herr im Orchester beginnt auf einer äußerst kleinen Flöte eine bekannte Melodie zu spielen, der berühmte Geiger schließt innig die Augen und stimmt ein, lauter Jubel bricht im Publikum aus, auch Anja muss jetzt klatschen, es passiert ihr einfach, die Flöte und die Geige, sie spielen so schön miteinander, es ist *Amazing Grace*, Anja geniert sich jetzt nicht mehr, für nichts und auch dafür nicht, das schön zu finden, nein, es ist in Ordnung, schöne Klänge schön zu finden, wenn sie schön sind und die Menschen nett zueinander, sie hängt sich bei ihrer Oma ein. Die Beleuchtung wird noch feierlicher, eine

Dame im blauen Ballonkleid erhebt sich aus der Mitte des Orchesters, erscheint im Bühnenglanz wie eine Mutter Maria und stimmt ihren Dudelsack an. *Amazing Grace* mit Dudelsack, Anja wird es ganz kalt, es ist kein Problem, dass das mit ihr passiert, die Dame neben ihr wischt sich Tränen aus den Augen, Anja tätschelt ihr auf den Arm, sie hat kein Problem damit, eine fremde Dame zu tätscheln, die Brunch-Mami hält auch ihre Mutter im Arm, es ist schön, Anja mag die Brunch-Mami, sie hat ein gutes Herz und wenn sie sich selbst Mami nennen will und einen guten Brunch vertilgen möchte, mit gutem Aufstrich und üppiger Wurst, Anja gönnt es ihr. Das Licht wird heller und hinter dem Orchester tut sich ein ganzer Chor an Dudelsäcken auf, alle spielen gemeinsam *Amazing Grace*, die Oma hält noch fester Anjas Hand, als würde sie ihr sagen, „Brauchst nicht traurig sein, Anja", „Brauchst nicht traurig sein", sagt Anja zu sich selbst, das hat alles der Geiger gemacht, diese vielen schönen Gefühle von so vielen Menschen, sie wäre gern er, wäre auch gern nützlich, hätte auch gern so einen nützlichen Beruf, aber sie hat nichts mehr, keinen Beruf und keine Freundin, Magda war nach dem Nachmittag im Café Ulli nicht mehr zu erreichen und dann hat Anja alles verhaut, vielleicht hätte sie alles anders machen sollen, vielleicht wenn sie, keine Ahnung, wenn sie Dudelsack gespielt hätte und nicht helfen hätte wollen, wäre vielleicht nichts eskaliert, es ist aber eskaliert, weil es war so, sie hat irgendwie über ihre Mutter und die wiederum über Magdas Mutter Magdas neue Adresse herausgekriegt.

Nach dem Café Ulli war noch alles gut, als sie sich verabschiedet haben, haben sie sich versprochen, dass sie sich jetzt regelmäßig hören und dass Anja ihr helfen wird, egal was es ist, und sie haben sich umarmt und Magda hat gesagt, „Sorry", hat sie gesagt, „Sorry, dass ich so eine scheiß Freundin war", und hat Anja danach noch *danke* geschrieben, *danke, dass du immer da bist,* und später ein lustiges GIF von zwei Katzen, und sie haben hin und her geschrieben, Magda hat Anja regelrecht überschwemmt mit

Nachrichten. Dann war der nächste Tag, Anja hat sich gerade daran gewöhnt, Magda wieder ganz unbefangen zu schreiben, da war sie wieder verschwunden. Anjas letzte Nachricht ist erst Tage, nachdem sie sie abgeschickt hat, angekommen, und danach hat Magda nicht mehr geantwortet. Sie war nicht mehr zu erreichen. Gar nicht mehr. Hat auf nichts mehr reagiert, auf keinen Anruf, keine Nachricht, niemand hat mehr was von ihr gehört, und dann hat Anja beschlossen, zu ihr zu fahren. Vielleicht hat sie sich was getan oder Volker ihr, vielleicht hat er ihr Handy genommen, ihre Nachrichten gelesen, vielleicht hat er irgendetwas von Magdas und Anjas Gesprächen mitgekriegt und ist dann ausgezuckt, wer weiß, wozu der fähig ist, Anja war von Anfang an ein rotes Tuch für ihn, Anja, mit ihrem sündhaften Leben.

Sie hat keinen Bock mehr, sich tausend Gedanken zu machen, von denen vielleicht kein einziger stimmt, man muss mit den Menschen direkt reden, es hilft alles nichts, und ist hinaufgerast im Regen, zuerst die kurvige Asphaltstraße und hat dann die Abzweigung auf die Schotterstraße genommen, die Abzweigung, die sie fast nicht gesehen hätte, weil sie so voller Wald war, die Strecke, auf der sich kein Navi mehr auskennt, wie lang kann eine Schotterstraße noch durch einen Wald führen, das gibt es nicht, dass Magda jetzt wirklich dort wohnt, das ist absurd, und irgendwann ist sie angekommen vor dem Bauernhaus, das vereinsamt an einer Lichtung gestanden ist. Ein leeres Gehege davor, in dem wahrscheinlich einmal Hühner waren, ein kaputter Zaun, Schutt und aufeinandergestapelte Betonplatten vor der Haustür.

Sie hat gewartet, ob sie was hört, aber es war komplette Stille, sie hat durch die gerillte Glastür hineingeschaut, aber da war nur Dunkelheit, irgendwann hat sie sich überwunden und geläutet und dann noch einmal ein wenig länger, es hat gedauert, bis sie Schritte gehört und Magda die Tür geöffnet hat.

„Magda! Alles ok?“ Anjas Stimme hat gezittert, sie ist Magda um den Hals gefallen, war erleichtert, sie so lebendig zu sehen, aber hat sich geschreckt, wie dünn man sein kann, obwohl man schwanger ist.

„Was machst du da?“, hat Magda streng gefragt. Aus dem Haus ist alter Hausgeruch gekommen, Anja hat schlucken müssen, Magdas Blick war vorwurfsvoll, als hätte sie etwas sehr Unpassendes getan.

„Magda, ich hab wochenlang versucht, dich zu erreichen!“ Magda hat Anjas Körper weggedrückt und nichts gesagt. Beide haben nichts mehr gesagt, Anja hat sich nicht von der Stelle bewegt, sie lässt sich jetzt aber ganz



sicher nicht abwimmeln. Endlich hat Magda sie ins Haus gebeten, „Es ist aber überhaupt nicht aufgeräumt“, hat sie leicht genervt gesagt und ein paar Schuhe und Pantoffeln auf die Seite geschoben.

In Anja hat sich ein Würgereiz aufgetan, als sie in den Geruch von dem alten, vergammelten Haus eingedrungen ist, es hat gerochen, als wären hier über Jahrzehnte Tiere gemolken und geschlachtet und danach nie ein Fenster aufgemacht worden, dazu der Schimmel und das Holz, Anja hat die Luft angehalten, wobei sie sich gefragt hat, wie das jetzt weitergeht, sie kann ja unmöglich ohne Luft verweilen, beim besten Willen nicht, aber vielleicht gewöhnt sie sich auch an den sehr individuellen Geruch, man gewöhnt sich bekanntlich an alles, also hoffentlich, weil sonst kann sie für nichts garantieren.

Sie sind in eine Wohnstube, in der es eiskalt und noch nicht fertig gesiedelt war. Volker ist am Boden vor einem Kachelofen gekniet, „Hallo Volker." Hätte Anja nicht gewusst, dass er es ist, hätte sie ihn nie im Leben wiedererkannt, er war mindestens doppelt so breit wie damals im Café Ulli, nur seine Lippen waren noch dünn. Volker hat sie nicht beachtet und am Kachelofen hantiert. „Wir haben noch keine Heizung", hat Magda mit leiser Stimme gesagt.

„Ja, es ist kalt heroben, glaubt man gar nicht, mitten im Mai."



„Altes Haus, Steinmauern, Regen." Magda redet jetzt also nur mehr in Stichwörtern, alles klar, sie hat noch einmal tief eingeatmet und dann, dass sie eigentlich gerade dabei ist, das Mittagessen zuzubereiten. Sie hat an Anja vorbeigeschaut, auf den Boden, alles an ihr war so kraftlos, Anja hat absichtlich nichts gesagt, ist stehen geblieben, schweigend, wenn Magda ihr was sagen will, dann soll sie es sagen. Da hat Magda endlich gefragt, ob sie mitessen will, sie richtet gerade das Gemüse her, ob Anja vielleicht die Karotten schneiden könnte für den Karottensalat?

Anja war froh, eine Aufgabe zu haben, sie hat sich auf die Eckbank an den alten Esstisch gesetzt, über der ein geschnitztes Jesuskreuz gehängt ist, „Ist noch original", hat Magda wieder leise, aber irgendwie stolz gesagt, als wäre ein altes Jesuskreuz etwas Besonderes oder etwas besonders Charmantes, Anja hat nur gehofft, dass es ihr nicht auf den Schädel kracht, während sie die Karottenraspel bedient, sie kennt sich, sie kann recht energiegeladen arbeiten, wenn sie will, obwohl, das wäre einmal eine gute Geschichte, Tod durch ein original veraltetes Jesuskreuz beim Karottenschneiden, so könnte diese Geschichte doch enden, dann bekäme auch Volker nicht die Aufmerksamkeit, die er nicht verdient, nein die Geschichte wäre einfach aus.



Aber die Realität ist leider oft banaler und nichts kracht einem wirkungsvoll auf den Schädel, alles geht nur den Bach hinunter, während man ganz normal weiterlebt und dabei Karotten schält, und so hat Magda Anja drei Plastikschüsselchen hingestellt, sie soll die fertig geschnittenen Karotten dann hineingeben, in dem Moment hat Volker um das Holz gebeten. „Ich mach das!" Anja ist aufgesprungen, sie wollte nicht, dass Magda jetzt auch noch Holz schleppen muss, aber die hat nur den Kopf geschüttelt in ihrer müden Art, sie macht das schon, sie wohnt schließlich da und nicht Anja, oder? Nach diesem Satz hat sie ihr auf einmal direkt in die Augen geschaut, etwas zu lang, und ist nach draußen verschwunden.

Anja war sich nicht sicher, ob Volker vergessen hat, dass sie da war, oder ob er überhaupt mitgekriegt hat, dass sie jemals hereingekommen ist, er hat kein Wort gesagt, er hat kein einziges Mal in ihre Richtung geschaut, irgendwann ist ihr „cooler Ofen“ rausgerutscht, weil es wäre schon auch sehr seltsam gewesen, wenn Volker gedacht hätte, Anja ist nicht da, und dann hätte sie sich zum Beispiel wieder hingesetzt und mit dem Raspeln begonnen, jetzt stellen wir uns vor, was Volker für einen Schrecken erhalten hätte, wenn er gedacht hätte, er ist allein mit sich, und auf einmal ist eine raspelnde Anja neben ihm, das hätte sie verantwortungslos gefunden, also hat sie „cooler Ofen“ gesagt, nur dass er an ihre Anwesenheit erinnert wird wie gesagt, das war mehr so eine Serviceleistung ihrerseits.



Volker hat nicht reagiert, Anja hat ihn weiterhin nur von hinten gesehen mit seiner Frisur, die in der Mitte vom Kopf geendet hat. Sie hat gehofft, dass er sie wirklich nicht gehört hat, was sie sich aber kaum vorstellen hat können, aber vielleicht hat er nicht gut gehört oder sie zu leise geredet, wer weiß das schon, und jetzt ist ihr auch noch sein Aneurysma eingefallen und seine Allergien, sie wollte auf keinen Fall irgendetwas Gesundheitsschädigendes in ihm auslösen, dann wäre sie bei Magda noch unerwünschter gewesen, also hat sie sich einmal laut geräuspert, aber er hat noch immer nicht reagiert.

Anja ist starr gestanden, hat nicht gewusst, wie sie vorgehen soll, hat sich nicht bewegt, nur mit ihren Augen hat sie immer wieder Richtung Tür geschaut, ob denn Magda bald kommt, damit diese Situation ein Ende nehmen kann. Sie hat den Atem angehalten, damit er sie nicht atmen hört, während er in aller Ruhe und in seiner stillen Art hantiert hat, und dann endlich, nach einer Ewigkeit, war Magda, die jetzt nass vom Regen war, zurück, hat den Korb voll Holz schwer atmend abgestellt, sich neben Volker gehockt und sie haben gemeinsam am Ofen hantiert.

Anja hat die Gelegenheit genützt, um sich schnell zu bewegen, sie hat sich wieder auf die Eckbank gesetzt und zu raspeln begonnen, möglichst laut, es war sehr befreiend, sich wieder mit Lautstärke bewegen zu dürfen. Ein eigenartiger Anblick, Magda und Volker so nebeneinander hocken zu sehen, ihren dünnen und seinen großen Körper, es war, als hätten sie Körper getauscht, als hätte er, der am Anfang so mager und unscheinbar war, ihre Kraft genommen und sich einverleibt, es war, als würde er sich von ihr ernähren, und kurz hat Anja gedacht, sie sieht, wie Magda gerade in diesem Augenblick noch dünner wird, und hat sich vorgestellt, dass er irgendwann platzen wird und das, was von ihr übrig geblieben sein wird, mit seinem Körperfett begräbt.

Sie war so fasziniert von dem Anblick, dass ihr nicht aufgefallen ist, dass die Karotte schon fertig geraspelt war, hat einmal zu viel geraspelt und somit statt der Karotte einen Teil ihrer Fingerhaut abgeraspelt und hat direkt sehen können, wie der Hautfetzen in einem der Plastikschüsselchen gelandet ist.

„Anja?“ Magda war auf einmal neben ihr, Anja hat keine Zeit gehabt, in das Schüsselchen hineinzugreifen und den Hautfetzen herauszusuchen. „Hast du dich geschnitten?“ Magda hat ihr ein angebrauchtes Geschirrtuch gegeben, zum Abtupfen, Magda hat die drei Schüsselchen genommen, ihr selbst angefertigtes Sesamdressing auf die Karotten geträufelt, hat angestrengt „Essen“ gehaucht, Volker ist behäbig aufgestanden, hat sich dazu gesetzt und „Mahlzeit“ genuschelt, wobei er Anja weiterhin nicht beachtet, auf seinem Tablet herumgewischt und Bilder von Holz betrachtet hat. Schweigend haben sie die Karotten gegessen, eine eigenartige Speise, hat sich Anja nicht gedacht, sie wollte nicht noch etwas eigenartig finden, außerdem war sie viel zu aufgeregt, weil sie gewusst hat, dass irgendwer ihren Hautfetzen in der Schüssel hat.

Magda hat Volker gefragt, ob sie das jetzt angehen sollen, ob ihr Vater ihnen helfen soll, die feuchten Stellen im Haus zu beseitigen, aber er hat weiter Holz betrachtet, und nachdem länger nichts gekommen ist, hat sie ihm über den Arm gestreichelt und zärtlich, aber auch entschuldigend in Richtung Anja gesagt: „Manchmal klinkt er sich aus.“ Ok, alles klar, Volker, tu nur, was dir guttut, das hat Magda ja von dir gelernt, in sich hineinzuspüren und aktiv zu tun, was einem guttut, und wenn es dir gerade guttut, beim Essen, das andere für dich gemacht haben, grundlos Holz zu betrachten, dann bitte, nein echt, es ist so wichtig, auf die eigenen Bedürfnisse zu hören. Dann macht Anja eben Konversation, sie hat kein Problem damit, was könnte sie sagen, könnte sagen: „Ah!“ Das ist eine gute Idee, hat also gesagt: „Ah! Stimmt, dein Papa kann sicher gut helfen, eine super Idee.“



In dem Moment hat Volker zum ersten Mal von seinem Tablet aufgeschaut und gemeint, dass sie niemanden brauchen, der ihnen hilft, er hat schon gesagt, dass er das macht, es geht eben nicht alles gleichzeitig, aber er wird das schon machen, er hat alles im Griff, und hat, etwas bestimmter als vorher, seine Karotten auf die Gabel gehievt und bevor Anja handeln hat können, hat sie gut sehen können, wie er sich ihren Hautfetzen in den Mund geschoben und genüsslich gekaut hat, und hat genau beobachten können, wie ihr körpereigener Fetzen seinen Weg durch Volkers Schlund in seinen Magen macht.

Ihr ist schlecht geworden, sie hat einen Würgereiz gekriegt, den sie jetzt nur mehr schwer kontrollieren hat können, sie hat gedacht, sie speit ihre Karotten direkt auf den gealterten Tisch, sie hat tief durchgeatmet, damit kein Unglück passiert, und hat dabei ihre Nase in die Karotten gehalten, damit sie den Hausgeruch nicht zu sehr wahrnimmt, hat also tief das erfrischende Dressing eingeatmet und versucht nicht daran zu denken, dass ein Teil von ihr, ein Teil ihres eigenen schönen, reinen Körpers jetzt in diesem Grindtypen drinnen ist, in seinem Magen verweilt und dann weiter in seinen Darm wandern und so zu Volkers Scheiße wird, unvorstellbar, dass etwas von ihr in der Innenseite dieses Menschen ist. Sie hat schnell das letzte Karottenstück hinuntergewürgt, möglichst lässig und nebenbei, „Ah schon so spät, ich muss los“ gesagt, ist aufgestanden und hat ihren Würgereiz zurückgehalten.



„Ich bring dich zur Tür“, hat Magda schnell geantwortet, Volker hat „Hm“ genuschelt und gekaut und dabei Holz bestellt, als wäre nichts, als hätte er sich nicht gerade Anja auch noch einverleibt, als hätte er nicht versucht, sich auch von ihr zu ernähren, aber nein, sie kriegt er nicht!

Magda und Anja sind durch den kalten Gang, schweigend und Anja innerlich würgend, endlich frische Luft und Tageslicht, sie hat tief eingeatmet, die Frische in sich aufgenommen, was für eine Erlösung, wie wunderbar kann die Luft außerhalb eines Hauses sein, schnell weg, schnell in den erfrischenden Wald hinein, der so viel natürliche Reinheit beinhaltet und keinen Volker. Sie wollte sich gerade verabschieden, da hat Magda hinter ihnen die Tür geschlossen und als hätte sie ihre ganze restliche Kraft nur für diesen Augenblick aufgehoben, Anja mit fester Stimme und aufrechtem Körper gefragt, warum sie einfach so auftaucht. Anja ist es gleich noch schlechter geworden, bei dem Blick, den Magda draufgehabt hat.

„Ich mach mir Sorgen, merkst du nicht, was mit dir passiert?" Was mit ihr passiert? Wie kommt Anja dazu, Magda zu erklären, dass MIT ihr etwas passiert, als wäre sie unzurechnungsfähig und würde nicht merken, was passiert. Alles, was passiert, passiert, weil sie sich dazu entscheidet. Langsam reicht es ihr, ständig degradieren sie alle zum Opfer, alle, ihre Mutter, ihr Vater, der ständig herkommen und für sie das Haus renovieren will, als wären sie komplett unfähig. Anja wollte auf das Thema Unfähigkeit jetzt lieber nicht näher eingehen, hat das so stehen lassen und in möglichst ruhiger Art gesagt: „Ich glaub, sie wollen nur helfen. Wir wollen alle nur helfen." Genau, eine tolle Hilfe ist das, dass sich ständig alle in ihr Leben einmischen, dass alle meinen, sie wissen alles besser, und ihr subtil unterstellen, ihr Leben ist scheiße, und Anja ist die Allerschlimmste.

Was kann sie dafür, dass Anja niemanden hat, dass sie keinen Sinn in ihrem Leben hat, dass sie sich ein Jahrzehnt lang von einem System ausbeuten hat lassen, nur weil sie einen Wahn hat, anderen zu helfen, und als Dank dafür jetzt krank vor sich hinsiecht, sorry, wirklich! Und sie sagt das nur einmal, Anja soll ihr Helfersyndrom woanders ausleben, soll zurück ins Krankenhaus, die finden sonst eh niemanden, wenn sie unbedingt ständig helfen und sich in das Leben von anderen einmischen will, aber sie soll es sich nicht zu ihrem Lebensinhalt machen, Magda ändern zu wollen, Anja soll sie in Ruhe lassen, alle sollen sie in Ruhe lassen, mit diesen unangebrachten Einmischungen in ihr Leben, und noch schlimmer: mit diesen schmutzigen Schuldzuweisungen Volker gegenüber, dem Mann, den sie liebt.



Oje, jetzt geht es los, jetzt geht es um Volker, es war klar, dass es in Wirklichkeit nicht um sie, sondern um ihn geht. „Ich hab nix über Volker gesagt." Anja ist noch immer erstaunlich ruhig geblieben, sie war recht beeindruckt von sich, so kennt sie sich gar nicht, sie hat sich ziemlich tolerant gefunden, das braucht sie auch nicht, hat Magda Anjas Freude über sich selbst gleich wieder unterbrochen, sie kennt diesen Blick. Anja hat von Anfang an was gegen ihn gehabt, glaubt sie vielleicht, sie, Magda, checkt das nicht, glaubt Anja vielleicht, sie ist dumm?

„Nein, natürlich glaub ich nicht, du bist dumm“, hat Anja geantwortet. „Ja, Volker ist nicht perfekt“, ist Magdas Redeschwall ohne Unterbrechung weitergegangen, er ist ein Mensch mit Licht- und Schattenseiten und als seine Partnerin ist es ihre Aufgabe, ihn so zu nehmen, wie er ist, man kann sich bei einem Menschen nicht die Seiten aussuchen, die man mag, und sich die anderen wegwünschen, das Leben ist kein Spaß, das Leben ist extrem mühsam und schwierig.

„Magda, es muss aber nicht NUR extrem mühsam und schwierig sein. Du musst es dir nicht selbst so schwer machen. Das Leben kann schon auch schön sein.“ Warum Anja eigentlich ständig glaubt, dass sie es besser weiß? Wann hat sie es geschafft, eine ernsthafte Beziehung zu führen, wann hat sie es geschafft, jemanden mit all seinen Seiten anzunehmen? Hat Anja schon jemals eine Beziehung gehabt? Sie stürzt ja schon seit immer von einem One-Night-Stand in den nächsten, das ist komplett unreif, sie hat überhaupt keine Ahnung von irgendwas, sie hat keine Ahnung vom echten Leben, eine Beziehung frisst Energie, ist wie ein eigener Vollzeitjob, eine Beziehung ist Arbeit, harte Arbeit. Anja hat in Magdas Augen nach ihr gesucht und gesagt: „Ich will nur, dass es dir gut geht.“

„Mir geht es gut! Es geht mir gut!“

„Wirklich? Du wirkst nicht so.“

Was Anja sich erwartet? Soll Magda ihr Leben lang durch die Welt reisen, allein, ohne jemals irgendwo anzukommen? Sie will endlich ankommen und wohin gehören, sie will ein echtes Leben haben.

„Ok, wenn du zufrieden bist, wie es jetzt ist, dann passt es ja." Anja wollte langsam nicht mehr, aber Magda hat auf einmal ungeahnte Kräfte abgesondert, es ist ihr scheißegal, wie es ist, hat sie mit festem Blick und fester Stimme auf Anja eingeredet, so wie es jetzt ist, ist es tausendmal besser, als wie sie heulend allein am Amazonas gesessen ist.

„Ich hab gedacht, es hat dir gefallen am Amazonas."

„Ich hasse den Amazonas! Ich will erwachsen sein! Ich will endlich ein Leben haben!"



„Du hast ein Leben." Anja war sich jetzt nicht mehr ganz sicher, ob in diesem Fall die Gegenwartsform noch angebracht war, wollte es eher so formulieren: „Du hast immer ein Leben gehabt. Ein Leben hat man nicht erst, wenn man irgendeinen Mann hat und Kinder und ein Haus, ein Leben kann alles Mögliche sein. Im Amazonas heulen kann ein Leben sein, nie wo wirklich wohnen kann ein Leben sein, wo wohnen kann ein Leben sein, Spaß haben kann ein Leben sein, alles kann ein Leben sein, alles ist ein Leben, solang es dir gut geht. Magda, wir struggeln alle! Wir wissen alle nicht, wohin, und ein Ankommen gibt es vielleicht gar nie, vielleicht geht es immer so weiter, vielleicht müssen wir uns immer wieder neu erfinden, vielleicht sind wir immer wieder froh und dann wieder nicht, vielleicht werden wir uns nie so alt fühlen, wie wir gerade sind, sondern werden uns innerlich für immer wie Zwölfjährige fühlen, na und? Vielleicht wiederholt sich alles unendlich, was wissen wir schon, vielleicht fühlen wir uns mit neunzig auch noch so, aber da kann dir ja nicht irgendeine Beziehung raushelfen."

„Menschen kommen an, wenn sie sich setteln."

„Das versteh ich ja. Aber es muss nicht gleich –"

„Es muss nicht gleich mit Volker sein?" Gut, so hätte es Anja vielleicht gedacht, aber nicht direkt formuliert, sie hätte es eher so gesagt: „Eine Beziehung soll dich glücklich machen und nicht unglücklich."



„Ich würd nie wieder jemanden finden, mit dem der Sex so gut ist!", ist es aus Magda herausgeplatzt, als hätte sie eine zu lang aufgestaute Angst endlich ausgesprochen. Anja hat keine Zeit gehabt, sich zu fragen, warum Magda ausgerechnet mit dem behäbigen Volker den Sex ihres Lebens hat, weil Magda schon weiter war: „Du willst, dass ich glücklich bin? Dann hör auf, so schlecht über Volker zu denken." Was? Das ist ihr größtes Problem? Was Anja über Volker DENKT? Und überhaupt, woher weiß Magda eigentlich, was sie sich denkt? Ihr hat es langsam gereicht,

„Magda, ich denk, was ich will, Oida, dir ist wirklich nicht mehr zu helfen."

„Ich brauch keine Hilfe! Du bist so derartig arrogant. Du und alle anderen. Ich will nicht, dass mir alle erklären, dass ich Hilfe brauch, ich brauch keine Ratschläge von oben herab, du willst mir helfen? Ok! Dann hau einfach ab!"

„Was? Das wars? Ich soll abhauen?"

Magda hat nichts mehr gesagt, nur mehr geschaut, Anja direkt in die Augen hinein, es war, als wäre das alles unreal, Anja hat sich wie automatisch umgedreht und ist Richtung Auto, ist dabei fast im Schlamm versunken, sie haben es nicht einmal geschafft, einen ordentlichen Weg zu bauen, jetzt versinken alle in ihrem Dreck, das ist wahrscheinlich Absicht, alle, die sich um sie sorgen, sollen im Dreck versinken.



Anja ist noch fester in den Schlamm getreten, hat die Autotür aufgerissen, die Tränen sind ihr in die Augen geschossen, sie hat mit dem Fuß auf die Kupplung getreten, sodass der Schotter gekracht hat, „Was ist mit der passiert?", hat Anja gedacht. „Sie lebt mit diesem Typen, der es nicht einmal schafft, sein Holz selbst zu holen, im Dreck, sie wird seine Kinder gebären und ihr einziges Problem ist, was Anja sich denkt? Wie kann ihr jemand vorschreiben, was sie denken soll? Das ist nicht einmal Magda, die da spricht, aus ihr spricht er heraus, das hat er ihr alles eingeredet, die kann ja nicht mehr selber denken, er denkt für sie, diese Frau, echt, diese Frau!“

Anja hat auf ihr Lenkrad eingedroschen und laut geschrien, ist den endlosen Schotterweg in den Nebel hinuntergerast, diese Frau, diese dumme Frau, dumme Frau! Strohdummer Mann! Dumme Personen! Wer ist dieser Typ überhaupt? Ah ja genau, er ist Volker, der große Volker, Volker der Große, der Sensible, der sensible Schutzbedürftige, der sensible Sexmeister, der Magda in ungeahnte Sphären emporhebt, Volker, der Sexgott, „Scheiß Volker“, hat Anja geschrien.



Sie war wieder auf der asphaltierten Straße, hat auf den Verkehr achten müssen, das hat sie beruhigt, das Achtenmüssen, sie weiß, hat sie sich langsam beruhigt, dass Magda nichts dafür kann, dass jeder Mensch in so einen Volker hineingeraten kann, es könnte ihr auch passieren, es kann uns allen passieren, es gibt mehr Volkers, als wir ahnen, Volkers, die nicht gleich als Volker erkennbar sind, die sich erst später als Volker entpuppen, und dann ist alles zu spät, Anja ist sich dessen bewusst, trotzdem! Dass Magda so manipulierbar ist, warum hat Anja das in den letzten fünfundzwanzig Jahren nicht bemerkt, das hätte sie doch merken können, vielleicht ist sie auch dumm. Vielleicht sind sie einfach alle dumm, vielleicht ist die ganze Welt dumm und darum sind alle so verkorkst. Dumme Menschen auf der Welt! Anja ist wieder aufs Gas gestiegen, hinter ihr ein Auto, sie hat Reinigungsmittel auf die Windschutzscheibe gespritzt, den Schlamm von den Fensterscheiben geputzt, den Schlamm von dem Drecksloch, in dem sie war, jetzt hat der hinter ihr auch seine Scheiben putzen müssen, weil sie ihn angespritzt hat, haha, hat noch einmal gespritzt, noch ein bisschen länger, der hinter ihr hat wieder putzen müssen, was für ein Spaß, was für eine Freude, endlich einmal eine Tätigkeit, die Wirkung zeigt, sie hat gespritzt und der hinter ihr hat putzen müssen, endlich einmal war was einfach und hat eine Gemeinschaft ausgelöst, sie hat noch einmal gespritzt, so lang, dass der hinter ihr immer weiter wischen hat müssen, und ist endlich in der Zivilisation angekommen.



Sie will nicht mehr, sie braucht Magda nicht mehr, sie braucht niemanden mehr, sie ist frei, endlich, das weiß Anja nach diesen vielen schönen Gefühlen, als das Konzert vorbei ist und sie mit ihrer Oma auf der einen und der Freundin auf der anderen Seite eingehängt die Tribüne verlässt, die Klänge hallen noch in ihr nach, die zweite und die dritte Zugabe, eine vierte hat es nicht mehr gegeben, obwohl der Jubel nicht abgebrochen ist, der schöne Geiger und das Orchester haben nur mehr „Servus“ im Chor gerufen und dann waren sie weg. Anja weiß nicht, ob sie froh oder traurig ist, dass das Konzert irgendwann doch ein Ende genommen hat, das waren zu viele Gefühle für sie, die sie überall, aber nicht an diesem Ort vermutet hätte, so was hat sie noch nie erlebt, so ein seltsames Konzert, von dem nichts mehr übrig ist außer die leeren verschnörkelten Notenständer und ein paar zerplatzte Ballons am Boden, Anja führt zuerst die Freundin und dann die Oma nach Hause, sie sprechen nicht, zu sehr spüren sie noch die Töne in sich, „Das war wirklich sehr schön“, sagt die Oma, als sie schließlich bei ihrer Wohnung ankommen, und sie drückt Anja fest an sich und ihr einen Hunderter in die Hand. Anja spürt den zerbrechlichen Körper der Oma an ihrem und will das Geld nicht annehmen, aber sie weiß, dass diskutieren zwecklos ist, sie wartet noch, sieht sie im Stiegenhaus Stufe für Stufe nehmen, wie das Licht in der Wohnung angeht, winkt ihr noch einmal, als sie aus dem Fenster schaut, dann fährt sie zu ihren Eltern und parkt das Auto.



Das Konzert ist vorbei und das Dudelsackerlebnis auch, aber Anja kann noch nicht heim, das geht nicht, das waren zu große Gefühle, sie geht ins Café Ulli, kauft sich eine Flasche Malibu und eine Packung Orangensaft, „Prost!“, ruft sie mit erhobener Flasche, als sie das Lokal verlässt und auf den Hauptplatz geht. Sie nimmt einen großen Schluck aus der Flasche und einen aus der Packung, mh, dieser fahle Geschmack des längst Vergangenen, der sich in ihrem Mund zu einer warmen Einheit formt, noch einen Schluck, geht allein über den Hauptplatz, Freitagabend und völlige Leere, so gehört sich das, setzt sich zur Pestsäule und kann nicht anders, sie muss sich jetzt ein Video von dem Geiger anschauen, nur kurz, nur um das Erlebte noch fertig zu erleben. Sie würde derartige Videos in normalem Zustand nie anschauen, sie hat einen herzeigbaren Musikgeschmack, wirklich, nie würde sie Schlagermusik hören, sie ist ja nicht siebzig, aber sie kann nicht anders, wie automatisch tippen ihre Finger den Namen des Geigers ein, nur kurz, nur kurz will sie noch einmal das schöne Gefühl von vorher haben können.



Anja sieht die weinenden Menschen, die weinen auf der ganzen Welt, wenn der Geiger kommt, sie kann das gut verstehen, sie möchte mitweinen mit ihnen, sie ist froh für sie, dass sie froh sein können, *Amazing Grace*, der Dudelsack klingt in ihr Ohr hinein, sie nimmt einen großen Schluck und singt laut mit, „I once was lost", sie steht auf, man muss aufstehen, um das Gefühl richtig zu fühlen, nur kurz, bald wird sie wieder ordentliche Musik hören und nicht mehr stehen dabei, sie atmet die Nachtluft ein, ab jetzt wird alles besser, ab jetzt wird alles gut, ab jetzt wird es keinen Volker mehr für sie geben und Magda soll selbst schauen, wie wichtig ihr diese Freundschaft ist, Anja braucht niemanden mehr, der sie nicht braucht, genau, so geht Leben, man erkennt und lässt los, sagt Stopp und tut, was einem guttut, sie hat die Augen geschlossen und die Arme ausgebreitet, brüllt in die laue Nacht hinein, „was blind", mh, der gute Malibu, der schmackhafte alte Saft, „but now I see", so ein Spaß, wie lustig so eine Sprache klingen kann, so spät in der Nacht. Sie holt aus und schleudert die Flasche über den Hauptplatz, schaut ihr nach, wie sie durch die Luft fliegt, und vernimmt irgendwo in der Ferne ein dumpfes Klirren und kann nicht aufhören zu lachen, ab jetzt wird alles besser, es wird alles besser, alles wird jetzt anders.

# Die Hochzeit

Anja betrachtet den Boden ganz genau, den Boden vom Gemeindeamt, wie er in seiner beigen Art und aus Plastik schon seit den 70er-Jahren da herumliegen muss. Viele Füße müssen schon auf ihm gestanden sein, faszinierend, diese Dreckspuren, die schon lang eins mit dem Boden geworden sind, wem sie wohl gehören? Sie hätte Lust, sich noch weiter davon faszinieren zu lassen, vom Boden, den ehemaligen Füßen oder vom Bild des Bürgermeisters, das da hängt, das wäre es auch wert, genau betrachtet zu werden, in dem Moment wird Anja vom Kugelschreiber vor ihren Augen gestört und Magdas leise Stimme sagt: „Du musst unterschreiben."



Anja schaut auf, schade eigentlich, sie hätte lieber über Dinge wie Böden nachgedacht, als weiter Zeugin von dem, was da passiert, zu sein, sie schaut auf, über Magdas beiges Leinenkleid, Magda lächelt sie an, Volker lächelt auch, sicher lächelt er, jetzt kriegt er, was er immer wollte, und was Magda nie wollte, sie wollte gar nie heiraten und wenn, dann sicher nicht so, „Falls ich einmal heirat“, „was aber sowieso nie passieren wird“, hat sie jedes Mal nachgesetzt, „dann wird es eine geile Riesen-Strandparty mit schönen Lichterketten, wilder Musik und allen meinen Freundinnen und Freunden von überall her und um Mitternacht hauen wir uns ins Meer und lassen die Laternen steigen.“ Magda hätte sich sicher irgendein unpassendes Kleid angezogen und komische Schuhe, aber jetzt steht sie da in ihrem nichtssagenden Kleid und den Halbschuhen und Anja steht daneben, wie sie da steht, neben ihm, der nie nach irgendetwas riecht außer nach Holz, vor gerade einmal zehn Gästen, die nur ihre Familien sind, im Gemeindeamt im obersteirischen Industriekaff, in dem sie nie leben wollte. Wie kann man nur so sehr das machen, was man nie machen wollte, warum macht sie das, aber Anja hat aufgehört, Fragen zu stellen, Fragen stören nur und zerstören Freundschaften, und Anja will das nicht, sie will ihre Freundschaft mit Magda nicht zerstören, will sie zumindest noch in ihrem Leben haben und wenn das heißt, dass sie keine Fragen mehr stellt und Magdas Trauzeugin wird, dann macht sie es eben.



Sie dreht sich um, alle lächeln berührt, warum sind die berührt, denken die sich alle nichts? Roli ist nicht unter ihnen, „Wir haben einfach null Kontakt mehr“, hat Magda gesagt, so ein Zufall. Von Magdas Seite sind nur Frauen da und alle miteinander verwandt, Anja ist die einzige Freundin, es ist eh ein Wunder, dass sie überhaupt eingeladen worden ist, aber wahrscheinlich war sie still genug in letzter Zeit, nachdem sie aufgehört, Magda Fragen zu stellen.

Auf dem Zettel steht: *Volker und Magdalena Wagner*. Magda hat keinen eigenen Namen mehr, den hat er jetzt auch genommen, ihre Existenz ist weg, sie ist nur mehr Teil von seiner Existenz, aber zumindest ihr Vorname ist noch da, immerhin, wenigstens heißt sie jetzt nicht auch Volker, man muss die Dinge positiv sehen in so einer Situation, also bitte, sind wir froh, dass Magda noch Magda heißen darf. Oder: Magdalena. Wie er sie nennt. Aber ihr Nachname existiert wie gesagt nicht mehr, „Schuh“ gibt es nicht mehr, „Schuh“, was für ein geiler Name, „Schuh“ ist durch ein nichtssagendes „Wagner“ ersetzt worden, „Wagner“ macht sich als einziger Nachname neben ihrem Vornamen breit, nicht nur auf dem Dokument, überall, das ganze Land ist voll mit Wagners, wer wird sie noch wiedererkennen, wenn sie einmal von sich erzählen wollen wird, wenn die, die sie vorher war, verschwunden sein wird?

Anja nimmt artig den Kugelschreiber, setzt an, schaut noch einmal zu Magda, vielleicht sagt ihr Blick noch irgendetwas zu ihr, so was wie „Rennen wir einfach weg“, jetzt gäbe es noch die Chance, sie will eine Grimasse schneiden, sich mit Magda verbinden, so, wie sie waren, Anja und Magda, das wäre der Moment, aber Magda lächelt nur auffordernd und Anja setzt an, bezeugt, unterschreibt und hat das Gefühl, sie unterschreibt Magdas Todesurteil. Fuck, nein, sie wollte das nicht denken, sie hat sich so bemüht, schöne Gedanken gegenüber dieser ordnungsgemäßen Eheschließung zu haben, von der ihr Magda dann doch berichtet hat, nachdem Anja sich mehrmals entschuldigt und versichert hat, dass sie bestimmt nichts Schlechtes mehr über Volker sagen und auch nicht denken wird, „Ich werde an mir arbeiten“, hat sie formuliert und sich gleichzeitig über sich selbst geärgert, sich doch Magdas Anordnungen und somit Volkers Diktat unterworfen zu haben. Aber sie hat es für Magda getan, wollte unterstützend sein, Magdas Entscheidung respektieren und sie nicht von oben herunter belehren. Sie ist immerhin schwanger, sie wird ihn eh nicht mehr los, der Zug ist abgefahren, das Einzige, das Anja also machen kann, ist, für Magda da zu sein, also macht sie mit, bei dem, wofür sich Magda entschieden hat, aber sie kann nichts machen, schon wieder kommen diese Gedanken in sie, denkt sie an ein böses Ende, sie versucht an etwas anderes zu denken, nimmt Blickkontakt mit dem freundlichen Bürgermeister auf dem Bild auf, das ist eine nette Idee, das lässt sie an ein Büro denken, das ist angenehm neutral, mh, Büro, Stempel und Wahlkabinen, Radiergummi, vielleicht auch Tintenkiller und Löschblatt, Briefmarke, Ringmappe, Zimmerbrunnen, das sind Dinge, an die in neutraler Art gedacht werden kann, auch Wandfarben sind kein so uninteressantes Thema, sie lächelt den Bürgermeister an und beginnt wie automatisch zu klatschen, weil sie küssen sich, also Volker und Magda, er hält ihr Gesicht fest, während er seine nicht vorhandenen Lippen auf ihre presst.

Alle klatschen, Anja schaut sich um und hat das Gefühl, Magdas Schwester klatscht besonders eifrig, als ob sie sich selbst beweisen müsste, dass das, was passiert, gut ist, alle lachen, ein bisschen zu viel, findet Anja, alles ist ein bisschen zu viel, aber wahrscheinlich ist das schon wieder nur Anjas extreme Wahrnehmung und alles ist gut so, wie es ist.



Sie haben einen kleinen Raum im Gasthaus gemietet, in dem Anja und Magda schon ihre Erstkommunion gefeiert haben, „Alles andere wär zu teuer gewesen“, hat Magda in ihrer angestrengten Art gesagt, als Anja gefragt hat, warum nicht was Romantischeres, hey, man heiratet nur einmal.

Eine Tafel ist angerichtet mit roten Rosen in der Mitte des Tisches und Menükarten aus dünnem Papier, auf denen zwei goldene Eheringe abgebildet sind, nach der Frittatensuppe bzw. Knoblauchcremesuppe, für die hat sich Anja entschieden, für eine schmackhafte Knoblauchcremesuppe mit Sahnehäubchen und gekräuselter Petersilie obendrauf, hält Volker eine Ansprache. Es ist üblich, dass der Bräutigam eine Ansprache hält, die Braut jedoch nicht, Magda und alle anderen hören den liebevollen Worten des Bräutigams bzw. Familienoberhauptes in spe gut zu. Volker ist sichtlich nervös, kein Wunder, wenn er ausnahmsweise einmal sprechen muss, hätte er Magda sprechen lassen, hätte er das Problem nicht gehabt, die kann das, aber bitte, Regel ist Regel, also redet Volker, unbeholfen klopft er mit einem angebrauchten Suppenlöffel gegen sein Glas: „Also, es ist ja üblich, dass der Bräutigam was sagt", super Einstieg, Volker, weiter so, da kriegen alle gleich Lust, mehr davon zu hören. Er hat jetzt rote Flecken im Gesicht und am Hals, sie werden immer mehr und größer und auch leuchtender, seine Hände zittern. „Vor acht Monaten hab ich Magdalena auf der Weide gesehen." Schon wieder die Weidegeschichte. Volker, Magda ist keine Kuh, auch wenn du glaubst, du kannst ihre Kraft aus ihr herausmelken, und er redet irgendwas davon, dass er Magda gesehen und gewusst hat, sie ist DIE EINE, und es war LIEBE AUF DEN ERSTEN BLICK, alle machen „Oh" und dann ist es auch schon wieder vorbei mit der Romantik und Volker holpert durch die Gegend: „Und dann hab ich deine Mama kennengelernt, die ich voll nett gefunden hab, und auch mit deiner Oma versteh ich mich supergut, Tante Sissy nicht zu vergessen, die mir auch recht sympathisch ist." Warum lächeln alle so bewegt, was redet der für einen Bullshit, aber Tante Sissy wischt sich die Tränen unter der Brille hervor, also vertraut Anja ihrem Urteil und glaubt ihr, dass sie schon schön gewesen ist, die Ansprache.

Dann wird der weitere Ablauf angekündigt, dass jetzt die Hauptspeise folgt und Volker gehört hat, dass Magda noch eine Überraschung vorbereitet hat, er ist schon ganz gespannt, was „seine Magdalena" sich ausgedacht hat. Anja stößt Magda mit dem Ellbogen an, „Eine Überraschung?" Magda zieht den Arm weg, greift ihn schmerzerfüllt an, „Au", und schaut sie vorwurfsvoll an. Es ist einfach heutzutage, einen Fehler bei Magda zu begehen. „Sorry. Eine Überraschung?" Magda lächelt wieder und will zu erzählen beginnen, da holt Volker sie zu sich, etwas Ernstes ist geschehen, der Wirt ist da und der Koch ist höchstpersönlich aus der Küche herausgekommen, sie sprechen ein seriöses Wort mit den Brautleuten, Magda hält ihre Hände vor das Gesicht, Volker zischt resigniert vor sich hin, dann gehen beide in den Gastgarten, sie brauchen kurz einen Moment, ja? Sind gleich wieder zurück.

Inzwischen werden die ersten Schnitzel, gebackene Lebern und Backhenderln serviert, Magda und Volker sind weiterhin verschwunden, Anja geht nachschauen, immerhin ist sie Trauzeugin, sie verspürt so eine Verantwortung in sich, nach dem Rechten zu sehen, sie geht in den Gastgarten, Magda und Volker sitzen schweigend in einer Hollywoodschaukel, jeweils mit einem Glas Wasser in der Hand. „Was ist los?" Anja spricht extra beschwingt. „Kann ich irgendwas für euch tun?" Die beiden sitzen mit deprimiertem Gesichtsausdruck da, bis Magda mit der schmerzhaften Wahrheit herausrückt, dass das Wirtshaus vergessen hat, fleischlose Alternativen zu organisieren. „Sie haben gemeint, sie haben eh die Fischstäbchen." Magda schüttelt enttäuscht den Kopf, beide blicken mit leeren Augen auf den Boden, Anja kann sich ein Lachen nicht verkneifen, sie bemüht sich wirklich, es nicht zu tun, sie spürt in ihrer sensiblen Art, dass lachen gerade sicher nicht erwünscht ist, und je mehr sie das weiß, desto weniger kann sie es zurückhalten, aber sie ist stark, presst die Lippen zusammen und schaut in die Berge, so eine bergige Natur lässt ein Lachen gut vergehen, aber dann vermögen ihre Lippen dem Druck nicht mehr standzuhalten und es lacht laut aus Anja heraus, „Na, also wenn sie meinen", schreit sie fast, aber sie fängt sich sofort und versteckt ihr Lachen sogleich wieder und will sich lässig gegen die Stange der Hollywoodschaukel lehnen, greift in ihrer Nervosität aber daneben und hat es nur ihrem geistesgegenwärtigen Geschick zu verdanken, dass sie sich gut ausbalanciert und sofort wieder in einer Ernsthaftigkeit zu stehen kommt.

Magda verzieht keine Miene, Volker springt auf, „Dann kann ich bei meiner eigenen Hochzeit nix essen", flüstert er, haut seine Faust in die Handfläche und rennt davon, Magda schließt die Augen, atmet tief durch und kreist mit der Handfläche über ihren Bauch, Anja setzt sich zu ihr in die Schaukel, legt den Arm um sie. „Komm, scheißen wir auf die Fischstäbchen, essen wir eben noch eine Suppe, haben wir Spaß, es ist deine Hochzeit!" Magda windet sich aus Anja heraus, es ist schon alles belastend genug, Anja soll nie heiraten, das stellt man sich von außen so romantisch vor, in Wirklichkeit ist es knallharte Planung, komplett unromantisch, alles ist sündhaft teuer und wenn eine Sache schiefgeht, ist alles verhaut, extremst mühsam. „Was kommt noch für eine Überraschung von dir?" Anja will sie ablenken, „Ein Lied", antwortet Magda und lächelt sogar.



Es sind doch noch fleischlose Alternativen gefunden worden, Brötchen, die hat das Gasthaus extra zubereitet für die Hochzeitsgesellschaft mit einer herzlichen Entschuldigung aus der Küche, altmodische Weißbrote mit Sachen darauf und Mayonnaise, sie erinnern an eine frühere Zeit, in der das Geschmacklose schön war. Anja beißt herzhaft in ein Eisalat-Brot, Magda und Volker sitzen auf ihrem Ehrenplatz, er hat nichts auf dem Teller, ihm reicht fürs Erste ein lauwarmes Glas Wasser, er wird später die Torte genießen, sagt er und schaut Magda zu, wie sie mit großer Sorgfalt die Mayonnaise von ihrem Brötchen kratzt, bis der Erbsenaufstrich endlich sichtbar wird, er lacht und nimmt ihr das Messer aus der Hand: „Sweetie, komm, mach keine Sauerei." Sie erklärt ihm, dass sie ja keine Mayonnaise essen darf, ob er vergessen hat, dass sie schwanger ist, er sagt: „Sweetie, lass die Sauerei einfach", und legt ihr Messer neben seinen Teller, sie schiebt mit dem Finger

die letzte Mayonnaise-Schicht vom Brot und beißt endlich hinein.

Es ist an dieser Stelle nicht notwendig zu erläutern, was Anja sich denkt, weil es nämlich so ist, dass sie sich nichts denkt, sie hat aufgehört sich etwas zu denken, in Situationen wie diesen, sie sitzt lediglich unterstützend neben Magda und reicht ihr ein neues Messer, wenn sie zum Beispiel Mayonnaise von Broten schaben will und ihr das Messer genommen wurde, warum auch immer, aber Anja beurteilt das nicht, sie nimmt wahr, aber beurteilt nicht und ist ganz neutral in sich drinnen, wirklich, das hat sie jetzt gelernt, so eine Neutralität in sich herzustellen, das tut allen gut und verseucht keine Freundschaften.

„Es gibt jetzt einen Programmpunkt", flüstert Magdas Mutter feierlich und alle in der exquisiten Runde sagen es weiter wie bei einer stillen Post, ob alle einen Kaffee haben, dann bitte in den Gastgarten kommen, es findet jetzt etwas statt, nur Volker soll noch warten, er ist schließlich die Hauptperson.

Am Nachmittag ist es schon herbstlich frisch in so einem Gastgarten, aber das Ambiente ist draußen viel schöner, unter dem alten Apfelbaum, unter dem sich schon einige Blätter neben den heruntergefallenen Äpfeln versammelt haben, versammeln sich jetzt auch Volkers Cousin mit seinem Akkordeon und Magda. Anja hat eine Reihe an Gastgartenstühlen hergerichtet für Magdas Publikum, der Ehrenplatz ganz vorn in der Mitte ist für Volker, weil für Volker ist auch das Lied. Alle sitzen schon gespannt, letzte Sonnenstrahlen fallen auf Magda, Volker kommt heraus, lächelt nervös, geht mit vorsichtigen Schritten nach vorn, er geht anscheinend nicht gern vor anderen, unsicher und fragend deutet er auf seinen Platz, Anja nickt ihm bestätigend zu.



Es ist komisch, aber Anja findet es schön, etwas für ihn tun zu können, ihm seinen Platz anzubieten, ihm einen Ehrenplatz zu gewährleisten, es fühlt sich an, als könnte sie so eine freundschaftliche Verbindung zu ihm herstellen, indem sie ihm zunickt und er zum ersten Mal auf sie reagiert, noch dazu dankbar, angenehm ist das, wenn Volker einem dankbar ist.

„Schatz", sagt Magda durch ein Handmikrofon und strahlt unerwartet herzlich, es ist ein Strahlen, das Anja noch von früher kennt, so hat sie gestrahlt, wenn sie von ihren Reisen zurückgekommen ist, es ist eine Freude, Magda so strahlen zu sehen, es zeigt, dass sie ehrlich glücklich ist. „Schatz", sagt sie noch einmal, ok, wir haben gehört, dass du Volker „Schatz" nennst, aber wir wollen die schlimmsten Kosewörter auch wieder nicht zu oft hören, das muss nicht sein, aber es ist schön, dass du glücklich bist.

„Schatz", sie deutet auf Volkers Cousin, der mit seinem großen Akkordeon neben ihr sitzt, „der Benjamin war so lieb und hat mit mir was einstudiert. Jetzt für dich: unser Lied. Und ich bitte um Gnade, wir haben uns bemüht." Alle lachen und applaudieren, das Akkordeon beginnt *Land Unter* von Herbert Grönemeyer zu spielen und Magda singt dazu, mit ihrer zarten, unsicheren Stimme, die mühelos jeden Ton trifft, und dann, als sie sicherer wird, kommt auch die raue Tiefe durch, die sie früher in ihrer Stimme gehabt hat. Die Sonne, die durch den üppigen Apfelbaum scheint, und der Wind, der sanft durch Magdas Leinenkleid weht, machen sie schön wie ein altes Bild, Anja sieht Volker, wie er seine Arme an den Stuhllehnen abgelegt hat und die Ohren, die seinen semikahlen Hinterkopf umschließen, er hört interessiert zu auf seinem Ehrenplatz und Magda singt: „Bring mich zum Ende, lass mich nicht mehr los."

Die Leute wischen sich die Tränen weg und klatschen, Volker klatscht auch, steht auf und presst seine dünnen Lippen auf Magdas und lässt sie nicht mehr los. Alle klatschen weiter, auch Anja klatscht, sie hat ein bisschen Gänsehaut gekriegt, vielleicht passt ja doch alles, sie klatscht weiter, Magda strahlt über das ganze Gesicht, Anja jubelt, so hat sie Magda ewig nicht mehr gesehen, alle jubeln, Magda löst sich aus Volker und nimmt seinen Cousin an der Hand, sie verbeugen sich gemeinsam, der Jubel hört nicht auf, Magda ruft: „Als Gesangslehrer und am Akkordeon: Benjamin." Der Applaus wird lauter, sie umarmt Benjamin und flüstert ihm „Danke" ins Ohr, die beiden werden jetzt nicht nur von den Hochzeitsgästen, sondern auch von den anderen Gästen gefeiert, der ganze Gastgarten applaudiert, Magda strahlt Anja an, die „Brava!" ruft, alle stimmen ein, nur Volker hat seinen Applaus beendet, er steht da, regungslos und mit versteinerter Miene, er dreht sich um, will gehen anscheinend, niemand nimmt ihn wahr, alle schauen auf Magda, nur Anja ist sein Stimmungswandel sofort aufgefallen, jetzt beginnt er auch noch zu taumeln, greift sich mit den Fingerkuppen an die Stirn, er taumelt stärker, stützt sich an einem der Stühle ab, sie überlegt, ob sie hingehen soll, aber sie kann nicht so recht zuordnen, was da vorgeht, Magda und Benjamin lachen lauthals, da kommt aus Volker ein lauter Schrei und er bricht vor versammelter Menge zusammen.

Schweigen. Kein Ton kommt mehr aus irgendjemandem, sogar das Geschirr hat aufgehört zu klirren, nur ein Flugzeug fliegt irgendwo. Anja hält sich die Hände vors Gesicht, ist das gerade wirklich passiert? Vielleicht hätte sie doch gleich reagieren sollen.

Alle sind wie erstarrt, Volker liegt regungslos im Gras, da fällt Anja Volkers Aneurysma ein, oh scheiße, sie will gerade nach vorn laufen und einschreiten, sie setzt gerade an, um „Sein Aneurysma!“ zu rufen, damit alle wissen, dass die Lage ernst ist, in dem Moment stürmt Magdas Schwester zu ihm und ruft: „Seine Gastritis“, und Benjamin schreit nahezu im selben Moment: „Sein Herz!“ Anja hat keine Zeit, verwirrt zu sein, weil jemand anderer „Passts auf seine Osteomalazie auf!“ brüllt.



Die Gäste rennen auf Volker zu, alle inklusive Anja, eine Menschentraube bildet sich um ihn, es wird überlegt, was jetzt geschehen könnte, der Kellner bringt ein Glas Wasser und ein nasses Tuch, Volkers Mutter wickelt es ihm um die Waden, da bittet Magda in bestimmtem Ton, dass alle zur Seite gehen mögen, alle weggehen, das ist jetzt wirklich zu viel! Sie weiß genau, was zu tun ist, sie weiß, wie sie reagieren muss in solchen Momenten, schließlich kennt sie ihn am besten, sie hilft Volker auf, der jetzt einen Cut an der Stirn hat, stützt ihn, Magda, soll vielleicht jemand anderer Volker stützen? Nein, sie weiß, was sie tut, ok, das ist ihre Sache, es sollen einfach alle weiterfeiern, „Nehmts euch was zu trinken!“ „Aber … alles ok?“, „Sollen wir einen Krankenwagen rufen?“ Viele besorgte Gäste haben viele Ideen, aber sie bestimmt: „Nein, feierts einfach weiter!“

Volker lehnt sich an Magda, langsam gehen sie in den Festsaal hinein, er greift sich an den Kopf, betretenes Schweigen, schockierte Blicke, Magdas Schwester schaut Anja ratlos an und flüstert: „Der Arme.“ Es wirkt, als wollte sie noch etwas sagen, ihre Lippen wackeln so, als ob noch etwas aus ihnen herauskommen wollen würde, sie schaut Anja an, dann Magda und Volker nach, dann wieder zu Anja, das geht noch ein bisschen hin und her, dann an ihr vorbei und zum Kellner mit nachdenklicher Stimme: „Ein großes Bier.“



Tante Sissy findet, dass es jetzt das Allerwichtigste ist, dass Volker wieder auf die Beine kommt, er ist so sensibel, sie braucht auch ein Bier, aber ein kleines bitte, langsam beginnen alle wieder zu sprechen, nehmen sich ratlos Getränke, auch Anja, sie ext ein Glas Wein, ihr Herz rast, ihr tut Volker auch leid, wahrscheinlich hat sie ihm echt Unrecht getan, sie hat ein schlechtes Gewissen, warum ist sie immer so hart in ihren Urteilen?

Anja findet Volker und Magda endlich, sie sind im Hinterhof des Gasthauses, dort, wo normalerweise das Personal Pause macht, sie sitzen auf einer Bank neben einem Riesenaschenbecher, Volker hat den Kopf in die Hände gestützt, Magda streicht ihm mit kreisenden Bewegungen über den Rücken und macht beruhigende Laute. Anja will näher kommen, vielleicht braucht Volker was, aber als Magda sie sieht, deutet sie ihr hektisch zu gehen. Wie automatisch dreht Anja um, bleibt dann aber doch etwas entfernt stehen.



Er schüttelt den Kopf. „Warum ausgerechnet Akkordeon?" Warum muss sie wegen eines beschissenen Lieds ausgerechnet bei seinem Cousin, dem arroganten Arschloch, Unterricht nehmen, noch dazu für ihre Hochzeit, das ist mehr als respektlos, wie viele Stunden hat sie heimlich bei ihm zu Hause verbracht? Sie weiß genau, dass sein Cousin was bei ihm triggert, Volker hat oft genug von seiner schmerzhaften Vergangenheit mit seinem Cousin gesprochen, dass der immer schon so überheblich war, hat Magda das absichtlich gemacht, um ihn zu verletzen?

Sie erinnert ihn leise, dass das Lied mit Akkordeon gehört, es ist so am schönsten, sie wollten ihm eine Freude machen, es war für ihn, Benjamin hat sich auch so gefreut, ihn zu überraschen. „Ich hasse Akkordeon", flüstert Volker mit zusammengebissenen Zähnen ganz nah an ihr, dann presst er die Hände vors Gesicht und schluchzt: „Sorry Sweetie, ich liebe dich so, ich will dich nicht verlieren." Er macht sich nur so Sorgen, ob sie das versteht, bei keiner anderen Frau hätte er sich solche Sorgen gemacht, sie ist einfach alles für ihn, warum sie noch immer nicht mit ihrer freizügigen Vergangenheit abgeschlossen hat?

„Alles ok bei euch?" Anja geht jetzt doch zurück, scheiß drauf, das gibt es nicht, was ist mit dem Typen, Magda springt auf, als sie Anja bemerkt, schiebt sie regelrecht weg, ob sie eine Schmerztablette bringen kann, Volker hat so Kopfschmerzen. Anja befolgt Magdas Anweisung, geht zurück zum Fest, um nach einer Tablette zu fragen, was soll sie jetzt machen, das war der Beweis, das ist Psychoterror, was der betreibt, der verhaut Magda ihre Hochzeit, sie hat einen glücklichen Moment gehabt, einen Moment, der sie strahlen hat lassen, und den hat er ruiniert, absichtlich, er erträgt es nicht, wenn Magda glücklich ist, er ist nur glücklich, wenn sie unglücklich ist, ihr Glück macht ihn krank.



Und was macht Anja? Das ist die nächste große Frage, was macht sie da eigentlich? Warum tut sie nichts dagegen, sie sucht in ihrer Tasche nach einer Schmerztablette, warum organisiert sie ihm auch noch seine Tabletten, soll er sie sich selber holen, sie will nichts für den Typen tun, kümmer dich selbst um deinen Scheiß, jetzt wird sie auch noch zu seiner Dienerin, jetzt schafft er es auch bei ihr, wie schafft er das, nein, sie macht da sicher nicht mit, sie wird es Magda sagen, auch wenn es ihre Hochzeit ist, wurscht, Anja ist ihre Freundin, es ist ihre Pflicht, Magda zu beschützen, sie hat die Schmerztablette endlich gefunden, sie wird jetzt hinausgehen und Magda ihre Meinung sagen.

In dem Moment vibriert ihr Handy, Anjas Mutter hat geschrieben, dass die Oma wieder gestürzt ist und wahrscheinlich operiert werden muss, Anja muss schlucken. *Ich fahr morgen zu ihr,* schreibt sie und würde am liebsten gleich losfahren, am liebsten würde sie wortlos abhauen und bei ihrer Oma sein, wo ist jetzt die Tablette, die sie extra für Volker gesucht hat?



Als sie wieder in den Hof kommt, ist da niemand mehr. „Magda? Volker?“ Wo sind die jetzt? Da hört sie unzuordenbare Geräusche aus dem Garten hinter dem Hof, ein Schnaufen, ein Schnauben. „Magda, bist du das?“ Keine Reaktion, Anja geht in Richtung Garten, das Atmen wird lauter, sie kriegt Panik, sie hat kein gutes Gefühl. „Magda?“ Niemand ist in dem üppigen Grün zu sehen, eine Spielplatzrutsche steht verloren herum und ein paar Bäume. Sie vernimmt wieder das Geräusch, Volker ist unter einem Baum, er hat sein Hemd ausgezogen, ist oben ohne und macht Bewegungen, die sie nicht einordnen kann. Tanzt er, macht er Kampfsport mit sich, bekämpft er jemanden? „Was macht er?“, fragt sie Magda, die etwas entfernt steht. „Sch“, antwortet sie und hält den Zeigefinger an die Lippen.

„Was ist jetzt wieder passiert, Magda?“

„Nix.“ Sie schaut Anja gar nicht an.

„Die Schmerztablette.“ Anja gibt ihr flüsternd die Tablette, anscheinend muss sie still sein, sie überlegt, wie sie Magda auf Volkers Verhalten ansprechen könnte, ohne einen Streit zu provozieren, Magda nimmt wortlos die Tablette und beobachtet weiter Volker. Anja fragt fürs Erste noch einmal ganz offen nach: „Was macht er da?“



„Capoeira.“ Magda dreht sich lächelnd zu Anja, nachdem die nicht aufhört, so zu schauen, es tut ihr wirklich leid, sie schaut normalerweise nicht so offensiv, aber sie kann das alles nicht mehr zuordnen, aber Magda hat durchaus Verständnis: „Ein brasilianischer Kampftanz. Er macht einen Kurs auf der Volkshochschule und es tut ihm richtig gut. Um …“ Magda schließt jetzt die Augen, atmet tief ein und macht eine Geste, als würde sie mit den Handflächen sehr viel Widerstand nach unten drücken. Sie öffnet wieder die Augen und lächelt Anja an: „Um sich zu erden.“

„Ok. Gut.“ Nein, wirklich. Anja findet das wirklich gut. Es ist gut, dass Volker übt, sich zu erden, das ist das, was er am meisten gebrauchen kann, jetzt hat Anja Volker einen halben Tag erlebt, da kann sie schon feststellen, dass so eine Erdung sicher nicht das Schlechteste für ihn ist. „Ok, alles klar. Kommts ihr dann wieder zu eurer Feier?"

„Wir brauchen noch." Magda geht zu Volker und stimmt mit ihrem Körper in seine Bewegungen ein, gemeinsam bewegen sie sich mehr oder weniger geschmeidig in Kampfsport-Tanzbewegungen unter dem Baum, manchmal stoßen sie aneinander an, dann zuckt er genervt weg und setzt seine Bewegungen in sicherer Distanz fort in seiner behäbigen und gleichzeitig kantigen Art, während Magda immer wieder tanzend Kontakt mit seinem tanzenden Körper aufnimmt, Anja schaut kurz zu, dann weiß sie irgendwann echt nicht mehr, sie dreht sich um und geht zurück zu den anderen.



Anja hat die Laternen organisiert, von denen Magda früher immer geredet hat, die Wunschlaternen, die sie in ihrer jugendlichen Fantasie am Strand steigen lassen wollte, wenn sie einmal heiratet. Jetzt ist da zwar kein Strand, dafür eine Hochzeit und eine Wiese und eine schöne klare Nacht. „Die hast du dir immer gewünscht, weißt du noch?", fragt Anja Magda nicht ganz ohne Stolz. Magda weiß nicht mehr, ihr Vater stellt eine Kerze in seine Wunschlaterne und wünscht seiner Tochter nur Liebe und alle

Schönheiten dieser Welt, auch für die beiden Zwerge in ihrem Bauch. Er ist wirklich überglücklich für seine Jüngste, die immer sein Zwergerl bleiben wird, noch nie hat Anja das Wort Zwerg so oft in einem Satz gehört, ein lustiges Wort eigentlich, seine Laterne steigt in die Luft, alle schauen ihr berührt nach, Anja überlegt, was sie in ihre Laterne schreiben soll, *Eine gute Scheidung,* nein, sorry, aber ihr fällt nichts anderes ein außer Wünsche, wie Magda Volker wieder loswird, komm Anja, lass dich ein bisschen inspirieren von den Menschen, die seriöser sind als du.

„Was hast du gewünscht?“, fragt Anja Magdas Schwester. Die zieht an ihrem Aperol Spritzer und torkelt zur Seite: „Einen coolen Mann“, sagt sie und lacht, Anja ist irritiert, 
dann lacht sie auch und will gerade ansetzen, dass sie auch so was schreiben wollte, voll arg, was sie eigentlich von Volker hält, aber Magdas Schwester setzt nach: „Nein, blöder Scherz natürlich“, haha, sorry, sie hat schon ein paar Gläser intus, sie redet Blödsinn, haut Anja auf den Arm, kichert, verschwindet auf der nächtlichen Wiese und Anja ist froh, dass Magdas Schwester das ausgesprochen hat und nicht sie.

Alle lassen ihre Wunschlaternen steigen, Anja hat noch immer nichts geschrieben, sie schaut zu Magda, die leicht zitternd vor Kälte in den Himmel blickt in ihrem zu großen Mantel, den sie sich übergeworfen hat, Anja ist berührt von Magda, ihrer Freundin, ihrer guten, besten Freundin, und schreibt: *Du sollst glücklich sein.* Volker nimmt Magda an der Hand, beide betrachten den Himmel, sie wirken friedlich und Anja bessert das *du* noch auf *ihr* aus und lässt die Laterne los.

Sie hat sich das anders vorgestellt, so eine steigende Laterne, hat gedacht, sie wird ihr besinnlich nachblicken mit einer Berührung in den Augen, bis die Laterne verträumt ihr letztes Licht leuchtet, aber die Laterne fliegt komplett ziellos durch die Gegend, meine Güte, kann die nicht ordnungsgemäß in den Himmel aufsteigen und dann immer kleiner werden, bevor sie erlischt, kann nicht wenigstens die Laterne romantisch sein? Aber nein, sie fliegt zuerst nach links und dann nach rechts, dann geht sie fast aus, dann doch nicht, dann fliegt sie in die Höhe, dann schaut es aus, als wäre sie verschwunden, dann ist sie wieder zu sehen, Anja hat keine Lust, sie Ewigkeiten zu beobachten, wie sie irgendetwas tut, sie hat sich das schon eindeutiger vorgestellt, diese Laternenschönheit, nicht einmal die ist einfach.

„Anja!“ Magda umarmt sie von hinten. „Danke für alles.“ Die Laterne ist jetzt fast verschwunden, immerhin hat sie sich in keiner Stromleitung verfangen, sie ist entkommen und wird jetzt immer kleiner.

„Geht ihr schon?“ fragt Anja.

„Ja, wir sind völlig erschöpft."

„Aber es ist erst zehn und es sind noch alle da", will Anja sagen, lässt es dann aber, Volker nimmt Magda an der Hand, etwas zu fest, oder ist das schon wieder Interpretation, sie gehen den Landweg entlang, wie ein Hochzeitspaar eben, mit Geschenken im Arm und Hand in Hand, fast lieb schauen sie aus, Anja schaut ihnen nach, wie sie in ihre gemeinsame Zukunft hineingehen, und denkt sich, vielleicht passt es ja wirklich zwischen ihnen. Vielleicht passen sie auf eine verkorkste Art doch zusammen, vielleicht sind die beiden einfach so. Das sind sie jetzt nämlich: die beiden. Die Laterne ist schon längst verschwunden, Anja kriegt wieder das Brennen im Herz und ruft Magda schnell hinterher, ob sie sich bald wieder sehen. Magda dreht sich noch einmal um: „Du Liebe! Wir sehen uns ganz bald."

# Fasching

184

Als Anja im Krankenhaus ankommt, ist es schon später Abend. Sie wollte unbedingt herkommen, wollte unbedingt bei ihrer Oma sein, wenn es zu Ende geht, dabei hat sie zuerst noch gedacht, es geht ihr nicht nah. Sie hat gerade aufgehört zu arbeiten, hat gerade den letzten „Lifestyle-Tipp“ in der Bezirkszeitung fertiggestellt, war gerade zufrieden damit, der obersteirischen Region einen Lifestyle-Tipp mitgegeben zu haben, und das, obwohl sie gar nicht mehr in der obersteirischen Region lebt, als ihre Mutter geschrieben hat, dass es nicht mehr lang dauern wird. Anja hat kein Gefühl in sich gehabt, hat sich gefühllos, so normal gefühlt und sich dann doch bei seltsamen Tätigkeiten ertappt. Ist in die Kirche gegangen zum Beispiel, dabei hat sie keine Ahnung gehabt, wie man sich in so einer Kirche verhält, außerdem hat sie das dringende Bedürfnis gespürt, Chormusik zu hören, Anja hat noch nie in ihrem Leben

Chormusik gehört, aber jetzt wollte sie unbedingt Chormusik hören, diese Chormusik, die auf das Jenseits hinweist, die auch oft zu Ostern gespielt wird. Sie hat nicht anders können, es war regelrecht ein Zwang in ihr, diese Musik zu hören, ganz laut, und ist dann wie automatisch ins Auto gestiegen und losgefahren, ohne sich anzukündigen, vielleicht freut sich ihre Mutter ja, sie würde das zwar nie sagen, würde nie sagen: „Es wär schön, wenn du kommst", und Anja ist ihr gegenüber auch nicht unbedingt gefühlsbetont, wie wir wissen, hat jetzt auch nicht angerufen und „Brauchst du was" gefragt oder „Darf ich dir was Gutes tun", oder wie Menschen so sprechen, das hat sie alles nicht gefragt, sie ist also einfach hingefahren, mit dem Drang in sich, dort zu bleiben, auch über Nacht und vielleicht sogar bis zum Ende.



Sie geht durch den leeren Gang und weiß genau, in welches Zimmer sie eintreten, welche Tür sie vorsichtig öffnen muss, sie klopft sanft, hört das leise „Ja?" der Mutter, es ist eine Überwindung hineinzugehen, das ist es dann eben doch, wenn es einen selbst betrifft. Im Zimmer ist eine besondere Stimmung, irgendwie feierlich, wie wenn ein Kind geboren wird, der Anfang und das Ende sind sich dann doch ähnlich, Anjas Oma liegt im Bett und atmet ganz ruhig, als würde sie schlafen, Anjas Mutter sitzt bei ihr und hält ihre Hand. Die Oma schaut schon wieder ein bisschen anders aus, noch ein bisschen anders als die letzten Male, als Anja sie gesehen hat, in den letzten Wochen hat sie ihr Aussehen immer mehr verändert, ist von der Oma, so wie sie war, zu einem sterbenden Menschen geworden. Seit dem Sturz im Herbst ist sie immer schwächer geworden, ist nicht mehr zurückgekommen zu der, die sie war, Anja begrüßt sie, streicht ihr über die Hand, setzt sich zu ihr, es ist schön, bei ihr zu sein. „Hallo Oma", denkt Anja und ist sich sicher, dass sie sich darüber freut, dass sich Anja „Hallo Oma" denkt. Die Oma atmet regelmäßig, sie wirkt entspannt, als würde sie gut schlafen, krampft nicht, zittert nicht.



Anjas Mutter fragt, wie die Fahrt war und ob sie was gegessen hat, Anja hat nichts essen können, es war ihr nicht möglich, aber die Chormusik und den Kirchenbesuch erwähnt sie nicht. Anjas Mutter bietet ihr einen Faschingskrapfen an, dem man anmerkt, dass er schon länger in ihrer Tasche war, der Zucker darauf ist schon vergangen und nur mehr als schwitzende Glasur zu erahnen, die Oberseite ist leicht eingedrückt. „Hat eine Kollegin in der Arbeit verteilt", sagt Anjas Mutter, als Anja den Krapfen etwas ratlos inspiziert.

„Weiß man, wie lang es noch dauern wird?", fragt sie und streicht der Oma auch über die Hand.

„Man kann es nicht so genau sagen, ein paar Stunden, ein paar Tage, kann alles sein.“ Aber dass sie morgen Dienst hat, denkt Anjas Mutter laut, das stresst sie ein bisschen, es tut ihr so leid, und morgen hat niemand Zeit herzukommen, aber sie will sie nicht allein lassen, sie soll keine Angst haben müssen und vielleicht sogar allein sein, wenn sie stirbt.

„Hast du nicht gefragt, ob jemand für dich einspringen kann?“, fragt Anja leicht fassungslos und weiß nicht, ob sie ihre Mutter bewundern oder verachten soll für ihr Pflichtbewusstsein.

„Ich hab mir in den letzten beiden Wochen immer wieder freigenommen. Ich kann das nicht ewig so machen, das geht nicht Anja, du kennst die Situation doch, oder?“

„Sonst kann ich auch morgen noch einmal kommen“, antwortet Anja nach einiger Zeit und merkt wieder, wie froh sie ist, dem Ganzen entkommen zu sein, und fühlt sich gleichzeitig schlecht, dem Ganzen entkommen zu sein. Jetzt, wo sie vor Ort ist, direkt am Geschehen, jetzt, wo sie ihre alte Arbeit nach so langer Zeit wieder riechen kann, in ihr drin ist quasi, sie aber nicht mehr zu ihr gehört, ist es, als hätte sie ihre Kolleginnen und ihre Mutter und überhaupt die ganze Krankenpflege im Stich gelassen, als hätte sie sie verraten, Anja kann nicht anders, als sich vorzustellen, wie sie versuchen, jeden Tag genug Leute zu finden, und krank in die Arbeit gehen, ihre Mütter allein sterben lassen, nur weil Anja ein gemütlicheres Leben führen will, sie, die egoistische Sau.

Sie setzt sich auf die Couch, da liegen Bücher von ihrer Mutter und ein Discman. „Du hörst Discman?“, fragt sie und lacht. „Wie soll ich sonst meine CDs hören?“ Anja antwortet nicht, es ist ihr alter Discman aus den Nullerjahren, ist doch schön, wenn ihre Mutter zwanzig Jahre später Freude daran finden kann. Sie setzt sich zu ihr, Anja ist froh, dass sie zusammen sind, sie würde es gern sagen, würde gern sagen: „Ich bin froh, dass ich da bin“, und sich vielleicht sogar an die Schulter der Mutter lehnen, obwohl, nein, das wäre vielleicht doch zu viel, man muss nicht gleich sentimental werden.



„Kommst du direkt von der Arbeit?“

„Ich hab heute von zu Hause aus gearbeitet.“ Anja wird müde, sie wird immer müde, wenn ihre Mutter sie nach ihrer Arbeit fragt, als würde sie hoffen, dass Anja endlich angekommen ist, endlich bei etwas bleibt, endlich eine Zufriedenheit in sich spürt, so wie es sich gehört für eine erwachsene Person dreißig aufwärts.

„Aber ich hab gearbeitet heute, ja.“ Ob es ihr bei der Bezirkszeitung noch gefällt, ob es der richtige Tapetenwechsel ist und wie Günter eigentlich so als Chef ist? Anja erzählt, dass sie von Günter überhaupt nichts mitkriegt, dem ist alles völlig wurscht, der taucht nie auf, außerdem ist sie nicht jeden Tag in der Redaktion, seit sie wieder zurück in Wien ist, pendelt sie sicher nicht jeden Tag hin und her. Das erzählt Anja und sie muss aufpassen, dass ihr Ton nicht zu genervt klingt, sie weiß nämlich, wo die Fragen ihrer Mutter hinführen, aber nicht jetzt genervt werden bitte, jetzt bitte nett bleiben, es ist ein Moment, in dem es angebracht wäre, dass sie nett zu ihrer Mutter ist, weil es geht jetzt um sie und nicht um Anja, das weiß Anja, sicher weiß sie das. Und weil sie das weiß, erzählt sie nicht, dass die Arbeit nach diesen paar Monaten schon unglaublich langweilig geworden ist, dass es immer das Gleiche ist, und dass sie sich nicht sicher ist, ob es irgendjemanden gibt, der dieses Medium liest, aber dass es ihr zumindest großen Spaß macht, den Lifestyle-Tipp zu schreiben. Anja mag den Lifestyle-Tipp, sie fühlt sich dabei, als würde sie etwas Geheimes wissen, etwas Geheimes, was sie der Menschheit mitgeben kann.



Einmal war ihr Tipp zum Beispiel „Die Menstruation“, in diesem Tipp hat sie empfohlen, regelmäßig zu menstruieren, weil das so was Reinigendes und auch Produktives hat und das Blut mit dem Gewebe darin in der Klomuschel ein so schönes Farbmuster ergibt. Man könnte, hat sie weiter empfohlen, das schöne Blut im Klo fotografieren und eine Ausstellung damit machen oder man könnte sein Muster betrachten und sich überlegen, was es für die Zukunft bedeutet, wie beim Kaffeesatzlesen, das wäre auch einmal ein eigenes Geschäftsmodell.

Aber selbst nachdem sie diesen Lifestyle-Tipp veröffentlicht hat, ist keine Rückmeldung gekommen, keine Dankesworte für die schöne Anregung, nichts, „Liest eh niemand“, sagen ihre Kollegin und sie seitdem und warten noch immer, ob nicht irgendwann doch eine Beschwerde oder ein Lob kommt, das wäre auch schön, so ein Lob, vom Lesepublikum, aber in den gesamten Monaten ist noch nie auch nur irgendwas zurückgekommen.



„Für den Moment passt es“, sagt Anja und es ist ihr gleichzeitig unangenehm, dass sie halbtags vor einem Computer sitzt und keinen großen Sinn dabei empfindet und sowieso weiß, dass sie nicht dabei bleiben wird, aber warum ist es ihr unangenehm, es ist ihre Entscheidung, was sie mit ihrem Leben machen will und wie viel und wo sie arbeitet.

„Mhm.“ Die Mutter trinkt einen Schluck Wasser und beide sagen nichts. Anja geht wieder zum Bett der Oma, streicht ihr über die Hand, sitzt bei ihr, mit dem Rücken zur Mutter.

„Du kannst so gut mit Menschen. Wenn man dir zuschaut, das ist so richtig natürlich, das ist keine Selbstverständlichkeit, das ist eine Gabe“, kommt nach einiger Zeit von ihr. Anja weiß nicht, was sie sagen soll, und denkt: „Wird sie nie damit aufhören?“ Sie weiß, dass alles Gesagte ab jetzt gut überlegt werden muss, und fragt in Gedanken: „Oma, kannst du ihr das nicht erklären?“

Die Oma atmet ruhig und Anja erinnert sich an die vielen Gespräche, die sie mit ihr geführt hat, die Gespräche, die zu Anjas Leben dazugehören. Warum hat die Oma ihr Leben lang so interessante Dinge sagen können und jetzt liegt sie da ganz ohne Sprache? Es gibt Dinge, die sind nicht zu verstehen.

Sie kennt das Gesicht ihrer Oma so gut, die Form ihrer Lippen, die Frisur, die immer schon die gleiche war, jede Falte, den komischen Punkt auf der Wange, Anja kennt ihr eigenes Leben ohne diesen Anblick nicht. Zum Glück ist er noch da, der Anblick dieses schönen Gesichts, das immer in ihrem Leben war, aber langsam zu einem anderen, einem fremden Anblick wird, sie muss die richtige Perspektive einnehmen, um das Gesicht wieder so zu sehen, wie es war, sie will sich den bekannten Anblick noch einmal gut einprägen, damit sie ihn nie vergessen können wird. Schade ist das. Schade, dass man nichts, was man schon immer gekannt hat, behalten kann für eine Ewigkeit, schade, dass man sich an alles irgendwann nur mehr erinnern muss.

„Ist lieb von dir, dass du extra hergekommen bist, musst du dann gleich wieder nach Wien?"

„Ich bin nicht extra hergekommen. Ich soll morgen mitgehen in die Fleischhauerei, weil wir dort eine Reportage machen." Warum sagt Anja das, warum kann sie nicht zugeben, dass sie extra hergekommen ist? „Aber hat sich super ergeben, ich bin gern hergekommen", setzt sie immerhin nach. „Kann aber eh nicht ewig bleiben." Sie kann es nicht lassen anscheinend, streichelt die Hand der Oma und hofft, dass ihre Mutter fragt, ob sie über Nacht bleiben will. Aber Anjas Mutter sagt nichts, eine Krankenpflegerin kommt herein, *DGKP Miriam* steht auf ihrem Namensschild, Anja fühlt sich sicher, als sie nach dem Rechten sieht, sie ist so kompetent und gehört nicht zur Familie. Die Krankenpflegerin streicht der Oma über das Gesicht, richtet die Infusion und fragt Anja und ihre Mutter, ob sie was brauchen.



„Das ist meine Tochter", sagt Anjas Mutter und wirkt stolz dabei. „Hallo", sagt Anja und lächelt die Krankenpflegerin an und fragt sich, der wievielte Nachtdienst das von ihr wohl ist und ob sie besser Nein sagen kann, als Anja das können hat, oder ob sie ihr nicht Nein-Sagen-Können auch schon einmal in einen Gehörsturz getrieben hat. Bestimmt nicht, sie kann bestimmt ausgezeichnet Nein sagen, sie wirkt, als würde sie sehr gut Nein sagen können, als würde sie ihre Grenzen kennen, als hätte sie alles im Griff, sie schaut so frisch und gesund aus, als hätte sie in ihrem Spind einen knackigen Apfel, in den sie hin und wieder beißt, als würde sie einspringen, wenn es notwendig ist, aber wenn es zu übergriffig wird, wenn sie schon wieder angerufen wird, um sofort alles stehen und liegen zu lassen, dann sagt sie deutlich NEIN, nimmt ihren Tennisschläger und genießt ihre Freizeit, denn sie kann Privates und Berufliches gut trennen. Anja bewundert sie, wie sie die Ruhe hat, eines nach dem anderen zu erledigen, als wären sie die Einzigen in einer existenziellen Situation, Anja ist froh, dass sie da ist, und hofft, dass die Krankenpflegerin merkt, dass Anja froh ist, dass sie da ist. Sie brauchen nichts, danke, alles ok. Sie gibt Anjas Mutter Bettwäsche und geht leise aus dem Zimmer, wenn was ist, sie können jederzeit läuten.



Anjas Mutter wird auf der Couch schlafen, es ist jetzt 22 Uhr, sie wird sich dann langsam bettfertig machen, was Anjas Pläne sind? Sie will bleiben, will für ihre Oma da sein, bei ihr sein, will dort sein, wo das Leben ist, und das ist da, an diesem Ort, aber sie will die beiden auch nicht stören in dieser zerbrechlichen Situation, sie weiß nicht, ob es angebracht ist, dass auch sie da ist, und dreht sich wieder zur Oma, streicht ihr über die Stirn und fragt sie in Gedanken, ob sie will, dass Anja bleibt. Ihr kommt vor, dass ihre Mutter gern hätte, dass sie bleibt, sie ist auch so eine, die sich nie aufdrängen will, schwierig, wenn alle Bedürfnisse haben, die aber niemand ausspricht, weil niemand niemanden stören will, dann passiert einfach, was niemand will, was doch allen lieber ist, als wenn passieren würde, was jemand will, was aber das Risiko bergen würde, vielleicht jemanden zu stören, wobei niemand jemals herausfinden wird, ob jemand jemanden gestört hätte, weil ja niemand was gesagt hat. Anja sagt, sie bleibt noch ein wenig, sie will noch Zeit mit der Oma verbringen. Fein, dann kann sich Anjas Mutter inzwischen etwas pflegen.

Sie geht ins Bad, Anja fühlt sich freier, jetzt wo sie allein ist mit der Oma, sie denkt daran, was ihre Mutter über die letzten Tage erzählt hat, dass die Oma nicht mehr sprechen hat können und man nur vermuten hat können, was in ihr vorgeht, sie hat oft gekrampft, vielleicht hat sie Schwieriges aus ihrem Leben verarbeitet, man weiß es nicht. Arg, dass es so viel gibt, was niemand weiß, was man nur vermuten kann, und Anja sagt zu ihrer Oma: „Oma, du hast alles gut gemacht." Und stellt sich vor, dass sie jetzt ihre Hand drückt oder unerwartet lächelt, so wie in den Geschichten, die man oft hört, aber die Oma atmet einfach weiter und Anja ist froh, ihr gesagt zu haben, dass sie alles gut gemacht hat.

Die Mutter putzt sich im Bad ausgiebig die Zähne, Anja hört sie gurgeln und das Schnalzen der korrekt angewandten Zahnseide, die Haarbürste, mit der sie ihr dichtes Haar ordentlich durchbürstet, damit kein Filz entsteht, das Bad wird zugesperrt, nach kurzer Zeit ertönt die Klospülung und sie kehrt in einem sportlichen Pyjama und mit ihrem Kulturbeutel unter dem Arm zurück, der Duft von mütterlicher Gesichtspflege kommt mit ihr mit.

„Na ja. Kannst ja in Unterwäsche schlafen", sagt sie und es wirkt, als hätte sie sich im Bad diesen Satz zurechtgelegt, und Anja kann es nicht glauben, es hat sie anscheinend echt beschäftigt, dass Anja keinen Pyjama mithat, das war ihre Sorge?

„Also soll ich bleiben?"

„Wär vielleicht lustig."



Sie entscheiden, dass Anja am Fußende der Couch schlafen wird, aber sie soll bitte ihre Jeans ausziehen, die Wiener U-Bahnspucke hat im Bett nichts verloren, ja sicher, natürlich schläft sie nicht in Jeans, keine Sorge. Anjas Mutter beugt sich über die Oma und streicht ihr durch das Haar, flüstert „Schlaf gut" und ein paar andere beruhigende Worte, sie redet voller Liebe, wirkt aber gleichzeitig angespannt, vielleicht weil es verkehrt ist, dass die Oma jetzt den ganzen Schutz braucht, weil Anjas Mutter eigentlich das Kind sein sollte.

Anja geht zur Seite, sie will sie nicht stören bei ihrem Gespräch, ihre Mutter legt sich auf die Couch und dreht das Licht ab, damit sie ruhen kann, nur eine kleine Lampe dämmert jetzt noch im Zimmer. Anja ist hellwach, sie setzt sich wieder ans Bett der Oma, es ist ganz still, sie beobachtet die Brust der Oma, die sich hebt und senkt, sie hört den Atem, es wird schön mit der Zeit, es ist so friedlich und so lebendig. „Ist sie friedlich?“, fragt auch die Mutter, sie kann nicht schlafen. „Jaja“, sie soll nur schlafen, alles ist ruhig. Anja legt den Kopf auf das Bett der Oma und lässt ihre Hand nicht los, so kann viel Zeit vergehen, so kann es bleiben.

„Hast du eigentlich was von der Magda gehört, hat sie ihre Babys schon gekriegt?“ Anja schreckt zusammen, als sie Magdas Namen hört, so völlig aus dem Nichts, es war ein Schlaf der Mutter angekündigt und jetzt das. Anja hofft, mit dem Zusammenzucken ihrer Hand die Oma nicht gestört zu haben, Magdas Namen hätte Anja jetzt am allerwenigsten erwartet, ihr fällt in dieser Sekunde erst auf, wie lang sie diesen Namen schon nicht mehr gehört oder ausgesprochen hat.

Sie atmet tief durch, lässt die Oma los und dreht sich zu ihrer Mutter, die hellwach auf der Couch liegt und Anja erwartungsvoll anschaut. „Nicht, dass ich wüsste. Aber sie sollten jetzt einmal kommen.“

„Hast du jemals wieder was von ihr gehört?“

„Seit der Hochzeit nicht mehr."

„Komisch, oder? Und schade."

„Ja, schade." Jedes Mal, wenn jemand „schade" sagt, weil Anja und Magda keinen Kontakt mehr haben, kriegt sie ein schlechtes Gewissen, das Gefühl, nicht genug probiert zu haben, sie im Stich gelassen zu haben, aber sie hat keine Kraft mehr gehabt nach der Hochzeit, wie oft hat sie ihr Handy in die Hand genommen, um ihr zu schreiben, hat es dann aber aufgeschoben, bis sie es ganz bleiben hat lassen, es war ein Widerstand in ihr, der bis jetzt nicht weggegangen ist.

„Was soll ich machen? Ich hab es monatelang probiert, ich hab alles probiert, aber sie hat mich nur mehr blockiert."



„Hat sie sich nie bei dir gemeldet?"

„Nein. Nicht einmal nach der Hochzeit, keinen Ton. Obwohl … irgendwann hat sie mir kommentarlos ein Foto geschickt. Ein Foto von ihrer Baustelle." Jetzt wo Anja wieder daran denkt, fragt sie sich echt … ein Foto von einer Baustelle? Kann man nicht irgendwas dazu schreiben, irgendeinen netten Gruß oder ein schönes Foto statt einem Baustellenfoto schicken oder vielleicht sogar eine Frage, „Wie gehts?" zum Beispiel oder irgendwas Nettes, ist das zu viel verlangt?

Anja hat, nachdem sie das Foto bekommen hat, wieder Tage mit Rätselraten verbracht, was Magda ihr damit sagen will, ob es ein versteckter Hilferuf ist, sie hat das Foto tausend Mal angeschaut, analysiert, schon wieder Tage verwendet, um über Magda und Volker nachzudenken, wollte sofort handeln, hat überlegt, wie sie reagieren könnte, ohne sie zu überfordern, hat schon mehrere Nachrichten entworfen, fast ihre Nummer gewählt, aber dann hat sie die beiden immer wieder vor sich gesehen, wie sie Capoeira tanzen, da hat sie es doch gelassen. Wahrscheinlich wollte Magda ihr mit dem Foto nur beweisen, wie toll ihre Baustelle vorangeht und wie schön ihr Leben ist, was für ein falsches Bild Anja von Volker hat, wie perfekt und voller Glück oder was auch immer alles ist. Oder es war Volker, der das Bild geschickt hat, würde sie nicht wundern, damit Anja eine Ruhe gibt und nie nachfragen wird, sie hat keine Ahnung, sie weiß es nicht, sie hat keine Kraft mehr zu raten, was vor sich geht, sie wird sowieso nie wissen, was die Wahrheit ist und was nicht. Sie sagt: „Das ist alles Volker. Er ist es, er hat sie isoliert."



„Ach so?"

„Er manipuliert sie auf jeden Fall, das weiß ich, ich kenn die Magda ja."

„Hast du mit ihr darüber geredet?"

„Je mehr ich es versucht hab, desto mehr hat sie mich blockiert. Ich wollte mich mit jemandem zusammentun, hab mit Roli geredet, aber der hat nur gemeint, ich soll mich entspannen, und auch sonst wollte sich niemand einmischen. Ich hab sogar bei einer Beratungsstelle angerufen, aber die haben auch gesagt, man kann ihr nur helfen, wenn sie es zulässt."

„Ja. Man kann niemandem helfen, der das nicht selbst will."

Stimmt, man kann niemandem helfen. Warum eigentlich nicht? Anja möchte das wirklich wissen. Warum hört sie das ständig, warum hat es bis jetzt immer geheißen, helfen ist so wunderschön und man soll seine Hilfe anbieten, sonst ist man ein Arschloch, das lernt jedes Kind, das lernt man in jedem Religionsunterricht, alle Eltern und jede Öffentlichkeit moralpredigen das jedem Lebewesen vor, man soll einschreiten, Zivilcourage zeigen, es gibt eigene Broschüren, Medien berichten betroffen über Fälle, in denen niemand eingeschritten ist, in denen niemand was gewusst oder gehört haben will, und dann empört sich die ganze Welt, inklusive Anja, über die unempathische und egozentrierte heutige Zeit, in der alle feig in ihr Handy hineinglotzen und niemand mehr eine gütige helfende Hand ausstrecken und niemand mehr einen helfenden Beruf ergreifen will, wo es doch so einfach ist zu helfen. Helfen ist so schön und so einfach und dann macht man das, man hilft also, weil man das so gelernt hat, weil man kein Arschloch ist oder einfach eine Freundin, und dann predigen einem alle mit so einem Wissen in der Stimme und mit geschlossenen Augen vor, dass man niemandem helfen kann? Dass das eben so ist, hat Anja das gar nicht gewusst?

Sie kann die Realität nicht nachvollziehen, ihr ist das Leben zu hoch, sie sagt: „Ja. Anscheinend kann man niemandem helfen."

„Vielleicht passt ihr Leben so für sie. Sie hat sich ja dafür entschieden."

„Ja, vielleicht aber auch nicht, und dann werden im Nachhinein alle fragen, warum niemand was getan hat."

„Du hast alles getan, was möglich war, und hast auch deine Grenzen. Und vielleicht musst du dich jetzt von ihr



trennen."

„Ich weiß nicht, wie man Sachen richtig macht. Warum kann man nicht das Richtige tun, bevor man weiß, was passiert sein wird?" Und sie sagt mehr zur Oma als zu sonst jemandem: „Ich check nicht, wie leben geht." Und fragt sich, woher ihre Oma das gewusst hat, ihr Leben lang, also wie leben geht.

„Anja, du hast alles gut gemacht", hört sie plötzlich von ihrer Mutter und ist so überrascht, dass sie sich umdrehen und sie direkt anschauen muss und aus ihr kommt: „Danke."

„Gute Nacht."

„Gute Nacht."

Sie muss sich wieder beruhigen, sie ist hier, hier fühlt sie sich sicher, bei ihrer Oma und mit ihrer Mutter, das ist eine angenehme Gesellschaft, die sie gut kennt. Sie fragt sich, was die Oma zu dem Thema sagen würde und was es war, was sie auf dem Konzert noch über Magda sagen wollte, wozu es aber nicht mehr gekommen ist, weil das Konzert begonnen hat.

Sie streichelt die Hand der Oma, will kein Streicheln verpassen, falls es das letzte gewesen sein wird. Irgendwann wird sie müde, sagt in Gedanken „Gute Nacht“ und legt ihre Beine auf dem Holzstuhl ab und versucht zu schlafen.

Die Tür geht leise auf, es wird nach der Oma gesehen, die Tür wird wieder geschlossen, kurze Zeit später kommt die Krankenpflegerin noch einmal und bringt einen Schlafsessel herein, rollt ihn zu Anja. „Mah voll lieb“, Anja tut es leid, dass sie ihr Umstände gemacht hat, sie hat sicher Besseres zu tun, als für Anja Sessel durch die Zimmer zu rollen, aber sie nimmt ihn gern an.



Anja schiebt ihn zur Couch und natürlich klescht sie mit dem Sesselbein dagegen, aber sie hat einen Plan, sie wird den Schlafsessel vor das Fußende der Couch stellen, sich hineinsetzen und die Beine auf der Couch ablegen. Anja setzt sich hinein, legt die Beine vorsichtig ab, da rollt der Sessel gleich nach hinten.

„Was machst du?“, flüstert Anjas Mutter und dreht das kleine Licht auf.

„Ein Sessel. Also sie hat mir einen Sessel gegeben, aber er haltet nicht.“

„Du kannst ihn fixieren“, flüstert Anjas Mutter.

„Ich weiß“, flüstert Anja zurück, aber der Sessel rollt wieder davon. Die Mutter beginnt zu lachen, ganz leise, Anja muss auch lachen, „Ist wurscht, ich leg mich einfach wieder auf die Couch und leg die Beine am Sessel ab.“

Anja legt sich ans Fußende der Couch, legt die Beine auf den Sessel, er rollt wieder davon, sodass Anjas Rumpf zwischen Couch und Sessel auf den Boden sinkt, sie hält sich noch irgendwie fest, ihre Mutter beginnt lauter zu lachen, es ist interessant, sie kennt das gar nicht, sie weiß gar nicht, wie ihre Mutter klingt, wenn sie lacht, „Da unten kannst du ihn fixieren“, sagt die Mutter und Anja lacht jetzt auch, sie versucht den Hebel zu kippen, aber es funktioniert nicht. „Ich fühl mich wie in einem Autobus“, sagt Anja, legt einen Polster unter ihren Nacken und eine Decke über sich, um eine möglichst normale Tätigkeit durchzuführen, die diese Situation neutralisieren könnte, aber die Mutter lacht jetzt noch mehr, „Wie du ausschaust!“

„Hör auf!“ Anja versucht sich zu beruhigen und stellt sich vor, dass die Oma jetzt mitlacht, sie freut sich für die Oma, dass sie noch einmal alle gemeinsam lachen, Anja hat oft mit der Oma gemeinsam gelacht in komischen Situationen und sie schafft es endlich, den Sessel zu fixieren.

Es ist ein seltsam vertrautes Gefühl, mit der Oma und ihrer Mutter gemeinsam in einem Zimmer zu schlafen, sie hat noch nie mit ihnen gemeinsam in einem Zimmer geschlafen, wie einzigartig und wie richtig alles daran ist. So oft hat sie aber bei ihrer Oma übernachtet, immer wieder, aus irgendeinem Grund, und heute übernachtet sie das letzte Mal bei ihr. Es ist gut, dass es dieses eine letzte Mal gibt, von dem Anja weiß, dass es das letzte Mal ist.

Sie kann nicht schlafen, sie ist hellwach, kann die Konturen der Einrichtung erkennen, das Weiß der Bettwäsche, ist so fixiert auf den Atem der Oma, immer wieder setzt jetzt ein Atemzug aus, oder bildet sie es sich ein? Immer wieder, wenn sie schon fast eingeschlafen ist, hört sie einen Atemzug und weiß, dass davor einer gefehlt hat. Sie schreckt jedes Mal hoch, schläft dann doch nicht, sie muss zu genau zuhören. Exakt jede Stunde öffnet sich vorsichtig die Tür, Licht strömt herein und zwei Krankenpflegerinnen sehen nach der Oma. Anja versteht jetzt, von außen und im Halbschlaf, warum Menschen zu ihnen sagen, „Ihr seids wie Engel", ganz geheimnisvoll kommen sie jetzt auch Anja vor, wie sie aus dem Licht in die Dunkelheit treten, so ruhig mit all ihrem Wissen, und einem das Gefühl geben, dass nichts passieren kann und alles gut ist.

Für einen Moment fällt ihr wieder ein, warum sie sich damals für diesen Beruf entschieden hat, es ist so ein ganz kurzes Gefühl, das in sie kommt, aber gleich wieder weg ist, bevor sie es verstanden hat. Sie wollte das Leben immer in seiner Gesamtheit sehen, wollte nicht nur bestimmte Seiten vom Leben sehen, wollte auch die anderen Seiten sehen, Krankheiten, das Sterben und den Schmerz, diesen Seiten einen Alltag zugestehen, weil sie im Endeffekt das wirkliche Leben und somit auch ein Alltag sind, wie jede andere Alltagssorge auch, obwohl man sie im Alltag so selten sehen kann, was ja vollkommener Beschiss ist, als wären Leben und Sterben nicht sowieso das Gleiche. Die Ehre zu haben, das Leben im Ganzen so mitzuerleben.



Die Oma liegt jetzt anders, sie ist umgelegt worden und sieht noch einmal verändert aus und Anja weiß, es geht zu Ende.

Plötzlich ist es hell und ihre Mutter hat ein Kaffeehäferl in der Hand, eine Krankenpflegerin steht im Zimmer und spricht mit ihr, ein Schichtwechsel hat stattgefunden und Anja anscheinend doch geschlafen, sie freut sich für die Krankenpflegerin vom Vorabend, die wahrscheinlich schon zu Hause ist und schläft.

„Die Atmung hat sich verändert, es kann sein, dass es jetzt zu Ende geht, sie hat auch Aussetzer." Anja kann ihr eigenes Herz klopfen hören, als dieser Satz ausgesprochen wird, ein junger Krankenpfleger fragt, ob sie einen Kaffee will, gern, sie setzt sich mit dem Kaffee zur Oma und nimmt ihre Hand. Ein neuer Tag hat begonnen, die Sonne scheint durchs Fenster.

„Es tut mir leid, dass wir uns oft nicht so gut verstanden haben“, sagt Anjas Mutter, als sie wieder allein sind. „Ich hätt nicht so viel mit ihr streiten sollen.“

„Das ist ja normal“, antwortet Anja und fragt sich, ob sie was Besseres antworten hätte können, und denkt daran, wie es ihr einmal leidtun wird, dass sie sich mit ihrer Mutter oft nicht so gut verstanden hat. Sie sieht die Zeit auf der Armbanduhr ihrer Mutter, wie der Sekundenzeiger  ständig weitergeht in seiner Gnadenlosigkeit. Die Mutter will sich waschen gehen, ob Anja sich nicht vielleicht bürsten möchte, nein, danke, Anja möchte sich nicht bürsten, die Mutter geht ins Bad und die Atmung der Oma setzt immer häufiger aus, Anja hört ihr eigenes Herz wieder rasen und spürt, wie ihr Mund trocken wird, ihre Mutter kommt zurück, endlich. „Schau da ist ein Kamm, kannst dich ein bisschen kämmen.“

„Ihre Atmer werden weniger“, sagt Anja, ihre Mutter setzt sich neben sie, zum Glück ist sie wieder da, sie sagt: „Gute Reise“, und dass die Oma gehen kann, wenn sie es will. Die Krankenpflegerin kommt herein, es ist gut, dass sie genau jetzt kommt. Die Krankenpflegerin beobachtet den Atem, Anjas Mutter redet der Oma gut zu, Anja hält ihre Hand und denkt auf einmal an die unpassendsten Dinge, wie dass sie sich jetzt noch immer nicht gekämmt hat und dass sie Kämme hasst, da stehen die Haare so zu Berge, sie bevorzugt Bürsten, dass sie ihren Parkschein nicht nachgelegt hat, wie viel ein Strafzettel wohl kostet.

„Das waren jetzt vierzig Sekunden", sagt die Krankenpflegerin, alle drei warten, es ist alles in Ordnung, sagt Anja in Gedanken zu sich und allen anderen, alle warten, ob noch etwas kommt, es kommt nichts mehr.



„Das ist schön", meint die Krankenpflegerin, wenn sie jetzt ins Zimmer gekommen wäre, dann würde sie glauben, sie schläft. „Sie wirkt so zufrieden." Anja findet es auch schön, so viel haben sie darüber geredet, wie es sein könnte, wie es werden wird und ob die Oma nicht allein sein muss, und jetzt ist sie ganz friedlich und Anja und ihre Mutter sind bei ihr. Anja fühlt sich geehrt, sie findet es lieb, dass es für die Oma ok war, dass sie in dem intimen Moment dabei sein hat dürfen. Die Krankenpflegerin nimmt der Oma den Sauerstoffschlauch aus der Nase. „Braucht sie den nicht mehr?", fragt Anjas Mutter und lacht die Krankenpflegerin irgendwie so hilflos an, weil sie die Antwort natürlich weiß. „Nein, den braucht sie nicht mehr." Sie streicht Anjas Mutter über den Arm, öffnet das Fenster und fragt, ob sie eine Kerze herstellen soll, ja das wäre schön, danke.

Die Mutter legt einen sanften Walzer, gespielt vom schönen Geiger, in den CD-Player, der da steht, Musik, die sie anscheinend schon vorbereitet hat. Anja bleibt sitzen, hält die Hand der Oma, ihr Herzschlag pocht ihr nicht mehr störend ins eigene Ohr hinein, sie fühlt sich, als wäre etwas Großes überwunden, als hätten sie alle gemeinsam etwas Großes geschafft.

Irgendwann beginnt Anjas Mutter mit den Anrufen, Anja fragt sich, ob sie nicht weinen müsste, wenn sie es Anjas Vater sagt, so ein Schwachsinn, ob er das schöne Kleid der Oma mitbringen kann, das blaue, das wär lieb, jaja, die Anja ist noch da, die Tapfere. Anja bleibt noch, will zum letzten Mal Zeit mit der Oma verbringen, will sie noch so lang wie möglich anschauen, ihr ist schwindelig, sie zwingt sich, den Rest vom alten Krapfen zu essen, ein Brösel fällt auf das Bett, seltsam, dass in dieser Situation etwas so Banales wie ein Brösel neben der Oma landen kann, die gerade etwas so Unglaubliches geleistet hat. Anja bleibt sitzen, während die Mutter Wichtiges in die Wege leitet, bleibt Anja sitzen, wie viel so ein Strafzettel wohl kostet, der Moment soll nicht vergehen, bleibt so lang sitzen, bis schon alle da waren, die Tante, die Großtante und Anjas

Vater, und schon wieder gegangen sind, bleibt Anja sitzen, bis sie wirklich gehen muss, weil nach ein paar Stunden das Zimmer geräumt wird, sie bleibt nicht mehr sitzen, bis das Zimmer geräumt wird, sie geht noch davor, ihre Mutter umarmt sie, sie spürt ihren getrockneten Schweiß und die ungekämmten Haare, manchmal vergisst sie, dass für Mütter Sachen auch arg sind, „Das hast du gut gemacht", denkt sie sich und drückt die Mutter unauffällig fester an sich und denkt sich, dass ihre Mutter sich auch wieder einmal kämmen sollte, sie sieht den Kamm und muss lachen, sie schaut noch einmal zu ihrer Oma, schaut sie ganz genau an und weiß ganz sicher, dass es das letzte Mal war.

Die Oma wollte ihren Abschied zum Sonnenaufgang feiern, das war ihr einziger Wunsch, dass sie zum Sonnenaufgang in die Erde hineinkann, und es wäre schön, wenn die Familie dabei ist, und natürlich ist Anja dabei. Sie parkt das Auto auf dem Friedhofsparkplatz, nimmt ihre selbst gezogene Avocado im Blumentopf heraus, aus der immerhin eine kleine Pflanze geworden ist. Ein Friedhof ist sowas Abstraktes, ein Wort eben und manchmal auch ein Ort, an dem man zu Allerheiligen hingeht und die Namen auf den Grabsteinen liest, ein Ort, den man mit roten Kerzen verbindet und der nichts mit einem zu tun hat, es ist seltsam, wenn er auf einmal zu etwas Konkretem wird, zu einem Ort, an den man hinmuss, weil man einen Termin hat. Alle sind schon da, Anjas Eltern ganz vorn, Anjas Tante, die Freundin der Oma, alle sind schwarz angezogen und schauen so gleich aus, nur der Pfarrer mit seinem Kreuz am Stiel und seinem großen Kostüm, das nicht schwarz, sondern schwarz-weiß ist, schaut nicht gleich aus, er schaut anders aus, man erkennt ihn sofort als denjenigen, der er ist, neben ihm die Ministranten, die Armen, haben extra so früh aufstehen müssen.

Die Oma ist schon auf dem Wagen aufgebahrt, Anja durchfährt ein Stich, man kann es sich nie vorstellen, dass eine Person, die man so gut kennt und die so zu einem gehört, irgendwann auch aufgebahrt sein wird und man über sie sagen wird „Sie ist aufgebahrt". Heute ist es so weit, heute ist ihre Oma „aufgebahrt", sie muss ganz genau schauen, damit sie es auch wirklich glauben kann, sie sieht den Sarg, „Sarg", dieses Wort, dieser Allgemeinplatz, sie findet es unfair, dass ihre Oma, die über so viele Jahrzehnte jeden Tag aufgestanden ist, jeden Tag ist sie aufgestanden, über achtzig Jahre, wie anstrengend bitte, und jeden Tag gelebt hat, mit allem, hat sich die Zähne geputzt zum Beispiel, die Schuhe angezogen, manchmal hat sie auch mit Versicherungen telefonieren müssen und andere Alltagsprobleme gehabt und jetzt ist sie einfach „aufgebahrt" und in einem „Sarg", in dem einfach jeder liegen könnte. Anjas Oma hätte etwas viel Spezielleres verdient, etwas anderes, etwas, was zeigt, wie wichtig dieses eine Leben mit seinem ganzen Alltag war, sie weiß auch nicht, was das sein könnte, wie diese Besonderheit konkret ausschauen könnte, aber es ist keine Zeit zu denken, weil die Glocke läutet, der Trauerzug geht los und der Pfarrer voran.



Langsam setzen sich die Menschen in Bewegung, gehen in Richtung Grab, Anjas Mutter hat eines neben dem Wald ausgesucht, es sollen nicht so hässliche Grabsteine um die Oma herum sein, hat ihre Mutter gemeint, Bäume passen besser zu ihr, das gefällt Anja, da gibt sie ihrer Mutter recht, aber das ist ein ordentlich langer Weg zu den Gräbern am Waldrand, der Trauerzug führt über die Straße, über den Kreisverkehr, der Verkehr wird extra für sie angehalten, sie findet das schön, dass Autos extra für die Oma stehen bleiben müssen, das hat sie mindestens verdient. Feierlich schreitet Anja mit ihrer Oma zwischen den stehen gebliebenen Autos hindurch, die sollen ruhig warten, Menschen am Gehsteig kommen ihnen entgegen, sind auf dem Weg in die Arbeit und in die Schule oder sonst wohin, einige unauffällig gekleidet, andere verkleidet, es ist Faschingdienstag, das hat wieder einmal niemand bedacht, sie kriegt schon wieder Lust auf einen Krapfen, aber einen frischen, einen mit Marille, die mit Vanille sind selbst ihr zu üppig, sie gehen die Straße entlang, ein Pirat bleibt stehen und schaut mit offenem Mund, jetzt geht das schon wieder los mit diesen Piraten, der Typ ist sicher Mitte vierzig und verkleidet sich als Pirat, hat sorgfältig eine Augenklappe an seinem Gesicht befestigt, Anja kann es schon wieder nicht glauben, der Typ nervt, er starrt mit einer Mischung aus Faszination und Ekel zu ihnen, als würde er sich „Kenn ich da wen?“ oder „Zum Glück lieg ich da nicht drin“ denken. Anja starrt zurück, damit er seine unpassende Art einsehen kann, aber er bemerkt ihren

Blick gar nicht, sondern starrt weiter auf die Oma, bis er endlich langsam weitergeht und sich gehend immer wieder umdreht.

Anjas Handy vibriert, es ist eine Nachricht von Magda, hat sie sich also doch gemeldet, Anja hat ihr vor einigen Tagen die Parte geschickt, hat gedacht, vielleicht will sie sich auch verabschieden, immerhin war die Oma auch so was wie ihre Oma. Sie öffnet die Nachricht, es ist ein Foto, ein Foto ohne Nachricht, auf dem Volker und Magda zu sehen sind mit jeweils einem Baby im Arm. Es ist so unreal, wie lang hat sie Magdas Gesicht nicht mehr gesehen und jetzt hat sie ein Kind, sogar zwei davon, Magda ist ein anderer Mensch geworden und zeigt Anja ein Foto davon, sie schaut müde aus, Volker ist oben ohne, ein Anblick, den sie jetzt nicht unbedingt gebraucht hätte, ein Baby liegt auf seiner nackten Brust, er strahlt über das ganze Gesicht. Sonst steht da nichts, auch kein Beileid, Volker lacht zwar auf dem Bild, aber seine Augen sind noch immer unheimlich, nein, sie denkt schon lang nicht mehr darüber nach, die beiden schauen glücklich aus, und irgendwie kommt es ihr vor, dass die Kinder nicht seine dünnen Lippen haben, vielleicht gibt es ja doch noch Hoffnung, Anja steckt das Handy weg, sie kommen am Grab an.



Die Sonne geht auf und blendet Anja, der Pfarrer sagt mehrere Dinge durch den pfeifenden Lautsprecher hindurch, die die Trauergäste nachsagen, Anja spricht auch mit, sicher spricht sie mit, sie will auch zur Gemeinschaft gehören. Der Pfarrer nickt Anja zu, sie tritt nach vorn, stellt die Avocado auf dem Grab ab, sie ist lieb und klein und soll ab jetzt der Oma gehören. Anja faltet einen Zettel auseinander, sie wird ein Gedicht vorlesen, „Irgendwas Schönes" hat sich ihre Mutter gewünscht, Anja hat sehr genau nach einer Schönheit gesucht in den vergangenen Tagen, nach etwas, was die Oma schön finden würde und sie zumindest erträglich, sie hat ein Gedicht zum Abschied von einem Heimatdichter ausgewählt, der schon lang nicht mehr lebt, es ist im Dialekt und enthält Gedanken, die sie traurig und deshalb tröstend findet. „Es ist herzig, wenn du im Dialekt redest", hat die Oma oft gesagt, also soll sie noch einmal ihren Dialekt hören können, zumindest stellt sich Anja das vor, dass die Oma sie hören kann.



Der Tag mischt sich langsam unter den Morgen, macht aus der grau-blauen Früh einen gelblichen Tag, Anja schaut hinunter auf die Oma und denkt sich: „Jetzt hast du uns ordentlich was voraus." Sie schaut auf, sieht die Freundin der Oma, die zu Boden blickt, ihre Mutter und ihren Vater mit ihren Tränen, die gerade noch nicht aus den Augen herausgeronnen sind, sie lächeln Anja an und nicken dabei, als hätte alles seine Richtigkeit, ein Stich durchfährt sie, als sie glaubt, Magda zu sehen, ganz hinten und etwas abseits, in der Ferne dröhnen die ersten Wagen vom Faschingsumzug, die blendende Sonne wirft komische Schatten auf das weiße Papier in Anjas Hand, und als sie das nächste Mal aufsieht, weiß sie, dass sie sich geirrt hat, dass das nicht Magda war.

Das Gedicht ist beendet, die Menschen weinen noch mehr, warum weinen sie, wenn Anja so was Schönes gelesen hat, aber sie freut sich für ihre Oma, dass so viele wegen ihr traurig sind, ist auch keine Selbstverständlichkeit, sie faltet den Zettel zusammen und sieht ihre Eltern, ihre Tante, die Freundin der Oma und alle anderen in ihrem ganzen Schmerz, dem ganzen Leben, sie versucht, diesen Augenblick, dieses kurze Jetzt festzuhalten, sie sind alle am Leben, alle leben sie, und sie auch, Anja ist am Leben. Das ist schon einmal ein guter Anfang. Und vielleicht reicht das ja fürs Erste.

# So ein Buch schreibt sich nicht allein!

DANKE!

Für die Inspiration, Geduld, Genauigkeit, für spannende Gespräche, das mit mir geteilte Fachwissen, die kompetente Unterstützung, das Lesen von Textfetzen und das Vertrauen darin, dass das was werden könnte. Durch euch ist dieser Text möglich und zu dem geworden, was er ist:

Leykam Verlag, Tanja Raich, Senta Wagner, Anna Jung, Caroline Haidacher, Corinna Glaser, Georg Pippan, Jennifer Präsent, Anna, Valentina Pock, Katrin Hammerl, Agnes Haidacher, Sumeru Scheucher, Katharina Dick und Philip Yaeger.

Danke, Dieter Woll, für alles, was ich von dir gelernt habe.

© Minitta Kandlbauer

Ulrike Haidacher, geboren in Graz, lebt als freie Autorin und Kabarettistin in Wien. Ihre Programme wurden bereits mit zahlreichen Preisen ausgezeichnet, u. a. mit dem Österreichischen Kabarettpreis 2017. Sie schreibt und spielt satirische Kolumnen für ORF-Radio FM4. 2019 erhielt sie das Startstipendium für Literatur des Bundeskanzleramts Österreichs. Ihr Debütroman *Die Party* (Leykam 2021) wurde mit dem Peter-Rosegger-Literaturpreis des Landes Steiermark ausgezeichnet und 2024 im Schauspielhaus Graz uraufgeführt. Für einen Auszug aus *Malibu Orange* wurde sie 2022 mit dem Österreichischen Literaturpreis für Erzählungen ausgezeichnet und 2024 zum Bachmannpreis nach Klagenfurt eingeladen.

# Ulrike Haidacher bei leykam:

## Eine Party läuft aus dem Ruder

---

Eine Softeisverkäuferin landet durch Zufall auf einer Party, die sich als biedere Kochveranstaltung im Elternhaus eines Regisseurs herausstellt. Der Parade-Feminist und Egozentriker belehrt seine Gäste in langen Monologen und Bernhard-Manier, darunter eine 30-jährige Juristin und »Powerfrau« sowie ein weltverbesserisches Trachten-Pärchen. Während Prosecco getrunken und Rohschinken gegessen wird, diskutieren die Partygäste über »starke Frauen« und Frauenquoten. Dabei fallen die Figuren nach und nach aus ihrer Rolle, nimmt das Themenkarussell so schnell Fahrt auf, dass nicht nur der Softeisverkäuferin schwindlig wird. Bis zur Eskalation ist es nur eine Frage der Zeit.

224 Seiten | ISBN 978-3-7011-8207-7 | 22,-

# Literatur bei leykam:

## Wer ist Opfer, wer Täter*in?

---

Anna Maria lebt ein typisches Großstadtleben: Sie arbeitet in einer hippen Firma, geht am Wochenende mit ihren Freundinnen feiern und hat eine komplizierte Ex-Beziehung. Bis sie Hannes an der Bar eines Nachtclubs kennenlernt. Er ist aus Engelhartskirchen, einem oberösterreichischen Dorf, von dem sie bis dahin noch nie gehört hat. Und ganz sicher rechnet sie nicht damit, eines Morgens mit Hannes in diesem Nest aufzuwachen. Als es doch passiert, lassen die Klischees zunächst grüßen: Kühe, Knödel, Kirchturmglocken. Dann aber bemerkt Anna Maria, dass nicht alles ins Bild passen will. Warum gibt es eine Pfarrerin, obwohl das Dorf katholisch ist? Wo sind die Männer hin? Und was hat das alles mit Kathrin Glock zu tun?

288 Seiten | ISBN 978-3-7011-8297-8 | 24,- [D], 24,50 [A]

# Literatur bei leykam:

## Coming-of-age in Schweinfurt

Zwei Welten prallen aufeinander: das kleinbürgerliche Grillfest auf der Terrasse einer Doppelhaushälfte in Schweinfurt und das unkonventionelle Liebesfest auf der Ladefläche eines LKW in einem fremden, fernen Land. In einer Welt geht Luisa zur Schule und träumt von Dunja, obwohl sie mit Benno zusammen ist. In der anderen schreibt sich Luisa in den Strudel einer Geschichte. Darin ist Dunja die Welt, trägt einen weißen Leinenanzug und hat blaue Haare. Beide begeben sich auf eine Reise, die Luisa zu ihrer Sexualität und zu sich selbst führt. Eine humorvolle Geschichte der Befreiung.

256 Seiten | ISBN 978-3-7011-8351-7 | 24,- [D], 24,50 [A]

Lektorat: Senta Wagner
Satz und Typografie: Michèle Ganser
Umschlaggestaltung: Katharina Maya Mair
Druck: Graspo Cz.
Gesamtherstellung: Leykam Buchverlag

www.leykamverlag.at
ISBN 978-3-7011-8350-0

Klimaneutral gedruckt mit freundlicher Unterstützung durch die Kulturabteilung der Stadt Wien.

Stadt Wien